中井一夫
Nakai Kazuo

母さん、お花の中にねんね

不妊治療、出産、乳癌
2歳の娘を残して逝った
ある母の物語

表紙写真＊スタジオ オレンジ

はじめに

2003年11月19日、タヒチ・ボラボラ島で私達は結婚式を挙げた。水上コテージから見た、どこまでも透き通った美しく青い海。すべてが非日常的で穏やかで、優雅な時間だった。

あれから約9年、2歳の娘を残し、妻はこの世を去った。そのことは、とてつもなく重い苦しみと、深い悲しみをもたらした。少なくとも今は、これから先、それが癒される日が来るとは思えない。正確には、思ってはいけないと思う自分と、立ち止まってはいけないと思う自分が存在する。

そういう揺れ動いている状況の中で、この手記を私は書いた。妻の身に起きたことを公けにすることで救われる命があり、同じ苦しみ悲しみを経験する人達が少しでも減ることを願ったからである。

どんな人にもいつかは必ず死が訪れる。それがどんな形で訪れるかは誰にもわからない。ただ一つ言えるのは、与えられた命を全うすべきだということ。この世に生を受けたことに感謝し、力の限り、生きるという闘いをしなければならない。そして、妻は弱音を吐かず、最後まで病気と闘った。残されたものに、現代医療という問題提起を残して。

※文中の病院名、医師名については仮称としました。

第1章　不妊治療

◎妊娠反応

２００３年11月の結婚から1年が過ぎた頃、私達夫婦は不妊治療を考えるようなっていった。当時、妻は35歳、私は32歳で、今ならまだ間に合うという気持ちがあった。できちゃった婚、授かり婚という言葉が世間ではよく聞かれ、そんなに妊娠は難しいものと思っていなかったというのが正直なところだった。

知人からの情報、ネットからの情報を総合して、奈良市にある不妊治療専門のクリニックに通っていた。デリケートな治療だけに、クリニックの雰囲気やスタッフの方々の心配りは卓越したものがあった。しかし、治療は簡単には進まなかった。これといった不妊原因が無く、タイミング法、人工授精、体外受精を経て、やっと妊娠反応を得ることができた。この時、既に妻は36歳と9ヶ月に達していた。

妊娠したということで、私達夫婦の喜びは爆発した。週末には赤ちゃん本舗に行き、産まれたらすぐ必要なものをあれこれ揃えた。「産着は何色がいいんだろう？　男か女かによっても違うよね」「絶対、女の子がいいな」と、初めてもつ子供に希望は膨らんでいくばかりだった。妊娠7週目の診察の日までは。

その日、私達は残酷な現実を知ることとなった。胎児の心音が聞こえない。即ち、その時点で胎児は息絶えているということだった。

不妊治療は夫婦で来られているところが多く、私達もそうだった。医師からその結果を告げられた時、私達の満ちた潮は一気に引き潮に変わり、その様子が診察室の中を支配した。

念のため、数日後に再度診察を受けることとなったが、残念ながら同じ結果だった。私達夫婦は家に帰り、抱き合って大泣きした。悔しくて、悲しくて、やるせなかった。

しかし、ここであきらめられるはずがなかった。妻の体の回復を待ち、2回目の体外受精に挑戦した。結果は、1回目と全く同じ結果だった。妊娠反応はでるが、心音までは聞こえない。ただ違ったのは、妊娠反応が出た時の喜び方だった。

1回目は流産になるなんて夢にも思わなかったので、すべてがうまくいったと思っていた。2回目はその可能性があることもわかっていたので、7週目の心音が聞こえるまでは、二人には心底から喜べるはずがなかった。もしかしたら、心音が聞こえないかもしれないという気持ちはあったが、実際その現実を知ると、なぜ、まわりに簡単に出来ていることが私達に出来ないのか。簡単に中絶したり、赤ちゃんポストに置いていったりするところに出来てと、皮肉でやりきれない気持ちでいっぱいになった。

2度の流産を経験してもまだ諦めることができず、3度目の体外受精に踏み切った。3度目は妊娠反応は出たものの着床はしておらず、化学的妊娠だった。

合計3度の流産を経て、次で最後にという思いになりつつあった。不妊治療は体力的、精神的ダメージが大きく、経済的にも大きい負担を強いられるものだった。着床はするが流産を繰り返すことから、不育症（妊娠は可能だが、流産や死産を繰り返し、生児を得ることができない病態や症候群）の検査を受けた。その結果、血栓が出来やすいということがわかった。

原因かもしれないものがわかり、私達夫婦は次への期待を膨らませて、4度目の体外受精に踏み切った。体外受精は、排卵誘発剤を用いて卵子を沢山採取し、そこから培養させた卵子を子宮に戻す。その培養過程で、今回は一つの卵子のみが胚盤胞（卵割腔形成後から着床前の胚形成初期に形成される構造）になった。その奇跡の一つを子宮に戻した結果、妊娠反応がでた。

◎初めての心音

その日から、妻は朝夜と一日二回のヘパリン注射（抗血液凝固注射）を自分で打たなければならなかった。はじめは素人が注射なんてできるのか不安もあったが、その結果、これまで一度もクリアすることが出来なかった7週目の心音を聴くことができた。

その夜は二人で涙して喜んだ。しかし、これまでのことがあり、１００％の喜びではなかった。喜べば喜ぶほど、何かあった時の悲しみは深く大きくなり、私達はいつ喜べばいいんだろうという夫婦の疑問があった。毎日毎日、妻は胎児の成長のためのヘパリン注射を、両太ももと、お腹の両サイドの４つのローテーションで打ち続けた。お陰で胎児は順調に成長していった。

２００９年12月9日、妊娠してから通っていた県立病院で母親学級があった。そこで、妻はある妊婦と出会った。きっかけは、母親学級に入る前に待合室で待っていたところ、一緒に行こうと声を掛けられたことだったという。いろいろ話しているうちに、結婚した日が同じ年の同じ月で3日しか違わなかったようだった。この方は、後に産婦グループの「あかご会」を結成。いろんなイベントを企画し、妻とは大きく関わっていくことになった。

◎胎　動

12月19日、奈良市にある帯解寺に安産祈願に行った。タイミングのいいことに、妻はその日始めて胎動を感じた。

その2週間後の2010年1月1日、2日と不正出血（月経・分娩等の正常な時期以外で起こる女性器からの出血）がおきた。妻が青ざめた表情でそのことを私に伝え、二人で病院へ行くこととなった。ここまできて、また何かあるのか、私達夫婦は恐怖でいっぱいだった。

いつもよりも数倍慎重に、衝撃をできるだけ与えないように車を走らせた。病院へは何とか無事についたものの、運悪く主治医が不在で、当直の先生に診てもらうことになった。しばらく安静にしておけば大丈夫とのことだったが、今までの流れから何を言われても真に安心して受け止めることができず、先生の言葉は耳から抜けて行った。

2月12日の診察で、女の子と判った。私は大喜びした。どうしても女の子が欲しかったから。男の子のやんちゃさよりも、可愛らしい仕草やママゴトをする女の子の方が、私には魅力的だった。妻は、幼少期に可愛い男の子に出会ったことから、赤ちゃんは男の子の方が可愛いというイメージがあったようだ。妊娠する前に、女の子ができたら、「あんたにあげる」と言っていたこともあった。

2月20日、赤ちゃん本舗の本店に、ベビーカーとチャイルドシートを買いに行った。まだ、本当に喜んでいいのか、不安が消えていたというわけではなかったが、そろそろ準備も必要だったし、性別が判って嬉しかったので、この2点のみ先に買いに行った。ベビーカーは対面式にできるもの、チャイルドシートは回転して乗せやすいものにした。少し値は張ったが、嬉しさと、できるだけ安全にと我が子のことを思うと、決断はそう難しくはなかった。

3月12日、診察で逆子がまだ治ってないことが判った。3月26日にも同じ結果で、左を下にして寝るように、と主治医から指導があった。このまま逆子が治らなければどうなるんだろう。そんな不安が、私達に伸し掛かり続けた。

4月5日、妻が勤めていた会社の最終出勤日。辞めるわけではなく、産前休暇に入った。妻の手帳には、**皆、優しくて幸せ**と記されていた。

4月16日の診察では、逆子が治らなければ5月6日に帝王切開、と主治医に言われた。

◎帝王切開

4月23日、更に悪いことに、臍の緒が出そうになっていた。翌日即入院ということになり、早ければ4月27日に帝王切開となった。臍の緒が出てしまい、危険な状態になるよりも、37週の正産期が近づいているので、産んでしまった方がいいという医師の判断だった。いつも何かが起こり、起こりすぎて何が普通なのか良く分からなくなってきていた。

帝王切開当日の危険性について主治医から説明を受けた。その中で肺塞栓について触れられ、「肺の血管が詰まれば死にます」と言われて、かなりの恐怖を感じたことを覚えている。

手術日に合わせてヘパリン注射を止める日は事前に詰めていた。ヘパリン注射をしたままだと、出血が止まらなくなるので。

帝王切開の時間はどれぐらいかと確認すると、半時間程度ということだった。

4月27日の出産当日の朝、私は不安でいっぱいだろう妻を勇気づけるために手紙を渡していた。後から見つけたが、その手紙は妻が使っていた当時の手帳に大事に挟んであった。

最愛の妻へ

今日の日を迎えることが出来て本当によかったね。ここまでの道のりは本当に長く大変なものでしたが、よく頑張ってくれました。二人で頑張ったと言えど、採卵や注射の痛い思い、内診のつらい思いをするのはいつも佳子で、僕は側にいただけ。佳子のおかげです。本当にありがとう。感謝の気持ちでいっぱいです。今日、僕らの娘に産まれてくるこの子にも感謝して、二人で精一杯の愛情を注いで、育てていきましょう。アスカ（不妊治療のクリニック）のスタッフや、この病院（周産期医療の整った県立病院）のスタッフ、沢山の人に優しく支えられてきたので、人の痛みのわかる、優しく賢い子にね。手術室には入れないけど、気持ちは側にいるので、安心して産んできて下さい。

一夫

手術室に入っていく妻を見送って、私は時間のカウントを始めた。不安な気持ちでずっと待ち続け、聞いていた半時間が過ぎた。もうそろそろ出て来るかなと思ったが、待てど暮らせど妻は出てこなかった。手術室には人が慌ただしく入っていく姿もあり、絶対何かあったのだと思わざるを得ない状況だった。しかし、それは私の早とちりで、半時間と聞いていたのは手術が始まってからの時間のことで、手術前に行われる麻酔を含む準備の時間と、胎児を取り出してからの処置の時間は含まれてなかったのだ。

◎誕　生

1時間半くらいが過ぎた頃、保育器に入った赤ん坊が、看護師さんに連れられて無事に手術室から出てきたが、私は笑顔になれなかった。何かあったのだという気持ちで待ち続け、憔悴しきっていたからだった。実際は、赤ん坊は2754gで何も問題なく産まれてくれた。残念ながら、私にそっくりだった。その場で写真を一枚だけ撮らせてもらった。それからしばらくして妻が手術室から戻ってきた。やはり帝王切開で切ったところが少し痛むらしく、笑わすのは厳禁と言われた。

4月29日、保育器に入っていた子供を妻と同じ病室に連れて帰り、初めて自分で抱っこした時、自然と涙が出たのを覚えている。不妊治療で妻の体に散々負担をかけ、やっと授かった命だったから。

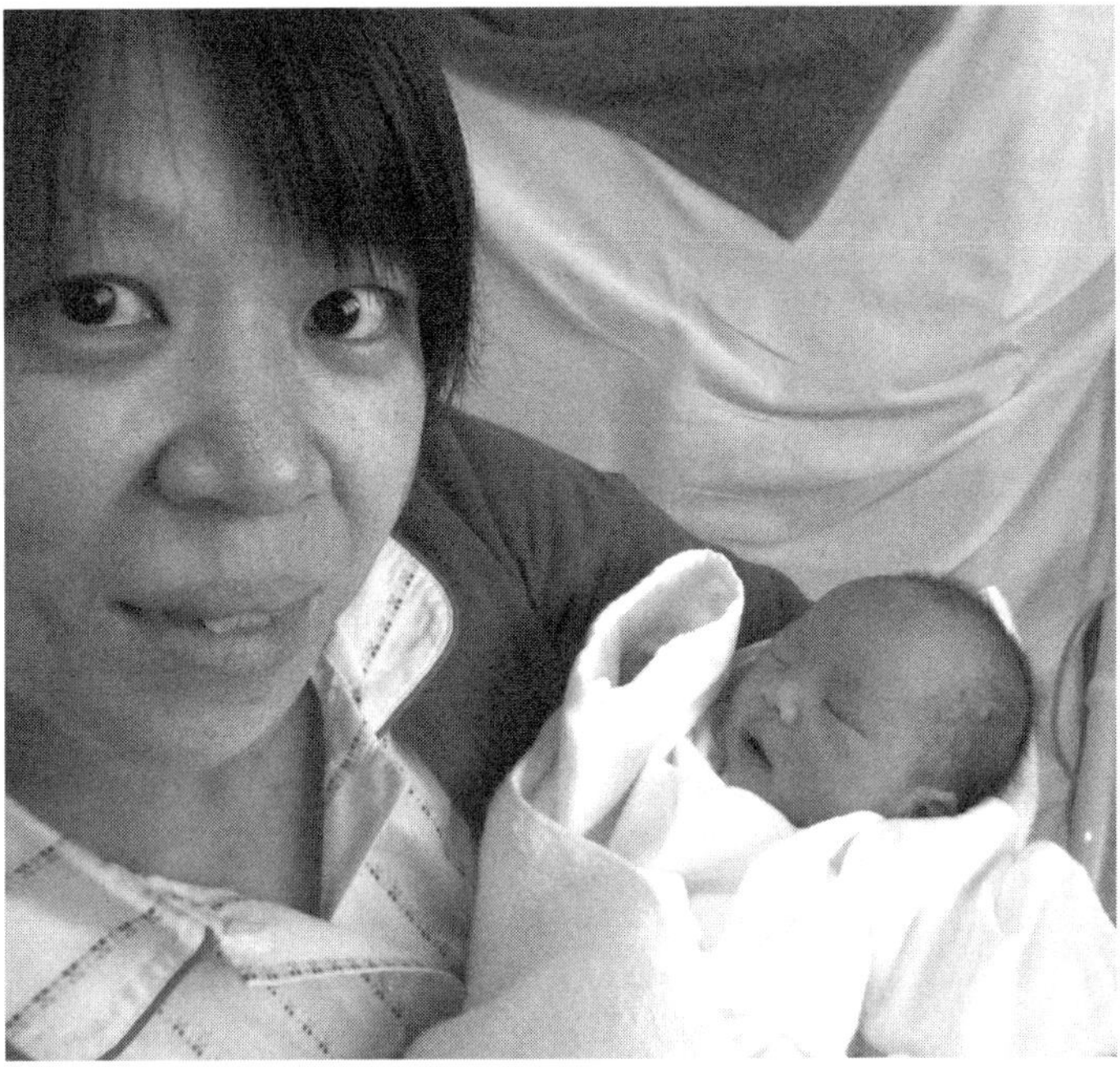

保育器から出て初めての抱っこ

名前を何にするかずっと考えていたが、心美と名付けた。「ことみ」という響きが夫婦とも気に入っており、また、人の痛みのわかる心美しい人になって欲しいという願いからだった。

第2章　天国から地獄へ

◎右胸のしこり

やっと摑んだ私達の幸せは、長くは続かなかった。

産まれた翌日、赤ん坊に母乳をあげないといけない。母乳をあげるために看護師さんから乳房マッサージの仕方のレクチャーを受けた時、右胸に大きなしこりが見つかったのだ。妻がそのことを看護師さんに申し出ると、もしかしたら乳癌の可能性があるかもしれないとのことで、外科医に診てもらうことになった。

妻の胸のしこりは硬く、非常に大きなものだった。直径6センチから7センチはありそうで、こんなに大きくなるまでどうして気付かなかったのか、妻にたずねると、妊娠中は胸が張ると聞いていたので、こんなもんかなと思っていたようだ。

でも、いざ母乳をあげようとした際にそれを申し出たということは、もしかしたら乳癌かもという疑いは彼女の中にあったのかもしれない。しかし、それを言うと、そちらの治療が優先になってしまい、やっとの思いで授かった赤ん坊がどうなるのかという思いがあり、言えなかったのかも知れない。40歳という当時の妻の年齢を考えると、出産はこれが最後のチャンスという思いは少なからずあったと思う。「あなたをお父さんにしてあげたい」と、ずっと言ってくれていたので。

外科医は触診の結果、乳癌で間違いないと確信しているようだった。エコーでも、既に腋窩リンパに腫瘤があるとのことだった。しかし、それだけでは不十分なので、別に生針（細胞診検査）をすることになった。

私は、子供は粉ミルクではなく母乳で育てて欲しかったが、「悪いものをこの子に飲ませたくない」と妻が必死で訴えたので粉ミルクで育てることとなった。粉ミルクは誰でも与えることができるが、母乳は母親にしか与えることができないのだという私の思いとは別に、妻のこの選択が正しかったということは、後の検査で判ることになる。

産後間もないころは検査をしても正しい結果が出にくいということでしばらく間を置き、5月6日に妻は生針を受けた。胸に針を刺し、組織を採取し、病理検査にまわされた。5月4日に産科から退院して2日後のことだった。

妻は胸のしこりのことを、母親学級で知り合った好美ちゃんには、入院中にお見舞いに来てくれた時に打ち明けていたようだ。「臨月なのに心配かけてごめんねって」と言っていたという。

◎ガン宣告

検査結果が判るのは5月19日。妻の41回目の誕生日の前日だった。

結果が出るまでの間、乳癌ならどういう病気の経過をたどるのか、乳癌と判断の難しい病気は何なのかを二人で調べた。乳腺葉状腫瘍（良性の腫瘍であるが、急に大きくなる特徴がある）というものがあり、妻の場合と症状が似ており、そちらであって欲しいという淡い期待を抱いた。

実は、数年前にも同じ県立病院を胸のしこりのことで受診したことがあった。その時は生針はせず、エコーとマンモグラフィーで乳腺症と診断されたのだが、後で調べると、乳腺症は癌化し易いということがわかった。そういうことを少しでもその時の医師が言ってくれていたら毎年検査に行ったのに、という悔しい思いがある。今さらどうしようもないことではあるが。

今回調べていく中で知識を得た乳腺葉状腫瘍も、乳房を切除しないといけない大変な病気だが、命を切り取られるよりはましだった。しこりの大きさから、すでに転移しているであろうことは調べる中で得た素人の知識でも想像がついた。産まれたばかりの子が、もしかしたら母親のいない子になるかも知れないと考えると、毎晩二人で涙した。

6年の不妊治療を経てやっと子供を授かり、本来なら子育てできることの喜びに、至福の時を過ごしているはずだったところ、不安に苛まれる日々となった。

そんな不安に終止符を打つ日がやってきた。検査結果説明の5月19日、もしかしたら、という私達の淡い期待は虚しくも裏切られた。硬癌（悪性度が高く、乳癌全体の40％程度を占める）という厳しい現実をつきつけられたのだ。診察室で説明に当たった担当の医師がはじめから重苦しい雰囲気を醸し出していたわけではなかったので、もしかしたらと思った矢先だった。産まれたばかりの子を抱えて、あまりにも残酷な結果に私達は涙を流さずにいられなかった。

第3章　いざ治療へ

◎病院の選択

しかし、妻は数分後、治療を頑張るという意思を固め、医師の話に耳を傾けた。

担当の外科医は、この病院で治療を受けることも可能だが、乳癌の治療は他の癌と違って専門性が高いので、乳癌専門の科があるところで治療を受けてはどうか――と言われた。

私は、妻を助けたい、産まれたばかりの我が子の母親を守りたい一心で、どこで治療を受けたらいいか、必死で情報を集めた。大阪まで足を伸ばせば病院の選択肢はかなり広がった。しかし、腫瘍の大きさから、妻の癌は遠隔転移しているだろうと思った。その場合、もしかしたらそう長くはないかもしれない。すぐに入院生活になるかもしれない。もちろん、産まれたばかりの子の面倒もみなければならない。そういう観点から、家からなるべく近く、専門の科があり、その道に長けていると思われる先生がいる病院にしようと考えた。その方が、私が面会に行けずに妻に寂しい思いをさせることも少なくなるし、万が一、臨終を迎える時が来ても、間に合わずにみとれないという最悪の事態は避けることができると考えて、家からも勤務地からもそんなに遠くなく、乳腺専門のセンターがあり、乳癌専門医の斎藤医師が在籍する市民病院を選択した。

県立病院の外科医には、市民病院の斎藤医師への紹介状を書いてもらい、5月24日に受診することとなった。その日は残念ながら私は妻に付き添えず、私の姉に代わってもらった。

◎初　診

病院でどんな話があったのか私も聞きたかった。それで、ボイスレコーダーで録音してもらっていたのを、仕事から帰って聞いた。

斎藤医師は、いきなり乳房を全摘出するのではなく、はじめに抗癌剤で腫瘍を小さくして、そのあとで乳房温存手術で、という方針を述べられていた。ところが、この病院へはセカンドオピニオン（よりよい決断をするために、当事者以外の専門的な知識を持った第三者に意見を求めること）で来たのか、それともここで治療を受けるのか、という選択をたずねる話があったのには驚いた。今や、患者がセカンドオピニオンを受けるのは当たり前だからかもしれないが、私達は必死で調べて、ここの病院のこの先生ということで行ったので、何か治療をしたくないようにも感じられて意外だった。しかし、腫瘍の大きさから、私達は一刻も早く治療を始めたいと思っていたので、今さら他の病院めぐりをして手遅れになるよりここで治療を受けたいと宣言し、詳しい検査の予約を取った。

◎遠隔転移

5月25日にＭＲＩ（磁気共鳴画像）、5月26日にＣＴ（コンピュータ断層撮影）とＲＩ（骨シンチ）の検査をした。その三つの検査結果の説明が5月28日となった。その時も私は行けずに、私の姉に付き添ってもらった。医師の話は前回同様、ボイスレコーダーでとっておいてもらった。

「骨転移です」

やはり遠隔転移が既にあることが告げられていた。

乳癌の遠隔転移し易い部位として、頭・肺・肝臓・骨があることの説明を受けていた。幸い、骨以外の転移はその時はなかった。

骨転移と聞き、私はもうだめだという思いが強くなった。13年前に、私は父を肺癌で亡くしたが、その時執刀した外科医から、「背骨に転移している。一年もったら良しとしよう」と言われたのを明確に覚えていたからだ。

私の家系は短命が多く、身近に癌患者をみているので、癌という病気がどれだけ恐ろしいものなのか少しはわかっていたつもりだった。逆に、妻の家系は比較的長命で、周りに癌患者がいなかったので、癌に対する恐怖心よりも、我が子のため、夫のために生きなければ、という思いの方が遥かに勝っていたと思う。

「手遅れでもなんでもない」

私には、斎藤医師のその言葉が非常に不思議に聞こえた。後でわかったことだが、ゾメタ（破骨細胞の働きを抑える）という薬が骨には非常に効くということだった。

検査結果説明の日から、抗癌剤治療を受けることになった。素人考えでは、乳房温存手術をすれば再発リスクが上がると考えるが、統計からは予後の結果は全摘も温存も変わらないということを聞かされた。女性にとっては、乳房は命と同じくらい大切なもの。妻も温存を希望したので、そちらを選択した。そ
出産後すぐの乳房はパンパンに張り、腫瘍も大きく感じられたが、その時は4センチ程度だった。そ

れが2センチ程度になれば温存手術可能とのことだった。ただし、妻の場合、運悪く両方の乳房に腫瘍ができていた。同時にできる確率は1％程度ということを聞かされ、「運の悪い1％の方に入るなんて」と、二人で話したのを覚えている。

◎主治医の交代

運が悪いというのか、問題というべきなのか、散々調べて斎藤医師に託そうと決めたのに、次の6月の診察は若手の浜田医師に代わっていた。他の仕事でもそうだが医師の仕事では何より経験が重要であると感じていたので、私はその先生で大丈夫なのかと強い不安を感じたのを覚えている。

私達がそうであったように、斎藤医師を訪ねてくる患者さんが多く、物理的に全てを診ることができないので他の医師に割り振られたのだろう。乳癌は他臓器の癌と比べて、長く病気と付き合っていかなければならないことが多く、患者が増え続けていることから一人の医師が抱える患者の数は上昇の一途を辿っているのではないだろうか。そのぶん医師の労働も過酷となり、他に割り振らざるを得ないということなのかもしれない。しかし、このことは患者やその家族にとっては不満であることには違いない。

私達の不安を感じ取ったのか、浜田医師からは、治療方針は斎藤医師を含むチームで決めているという説明があった。

患者の数に対応しきれない医師の数の絶対数の不足が、この問題の根底にあるのだと思う。

◎抗癌剤治療

抗癌剤投与が始まると副作用で苦しむことを予想していたが、妻の場合、副作用は少なく、QOL（生活の質）としては高いレベルを維持できていた。最初に使った抗癌剤は、5FU・エンドキサン・ファルモビシンだった。

抗癌剤投与開始から9日後、心美のお宮参りに春日大社に行った。その時には副作用の脱毛はまだ現れず、妻は自毛で参拝することができた。

神官の祝詞のあいだずっと、私は心美の成長を感じるような行事を、いつまで夫婦一緒にできるか考えていた。浜田医師からは、骨転移だけなら命に別状はない（骨折はし易くなり、QOLを落とすかも知れないけども）、直接死には繋がらないと聞いていた。

しかし、遠隔転移があるということは、治ることはないということだった。いつ他の臓器に転移してもおかしくないという事実から、妻の命の危険を感じざるを得なかった。妻の命が途絶えてしまうことは即ち、心美は母親を失うことになる。幼い我が子が今母親を失うと、確実に記憶には残らなくなる。だとすれば、夫として、父親として、今しなければならないことは、妻を必死で助けることと、心美のために母の姿を記録しておいてやることだと考えた。心美が母親に抱きしめられたこと、母の温もりを感じることが出来たことを、出来るだけ、出来るだけ……。妻の姿を残すには声も録音できるビデオが一番いいと考え、それから意識して撮る機会を増やしていった。

病院の治療以外で出来ることとして、済陽式食事免疫療法（済陽先生が考案した、塩分を減らし、玄米、野菜中心の食事で免疫力を高める）をすぐに始めた。食べたいものではなく、食べないといけないものをメインとした食生活になった。それが効を奏したのかはわからないが、抗癌剤の副作用は非常に軽いものだった。

抗癌剤投与から約2週間が経過した6月10日、女性にとっては非常に辛い副作用である脱毛が始まった。抗癌剤投与から数日は多少のむかつき、倦怠感はあったが、脱毛に比べるとそんなものはなんでもなかったに等しい感じだった。

6月18日、2回目の抗癌剤投与周期がやってきた。この時は、骨への薬であるゾメタが追加された。翌日には、ゾメタの副作用として38・8度の熱が出た。しかし、その翌日にはすぐに下がり、そのまた翌日には腰痛もとれ、薬はよく効いてくれている感じだった。

7月9日、3回目の抗癌剤投与周期を迎えた。今度は2回目の時のような発熱はなく、問題なかった。

◎何が効いたって構わない

7月12日、奈良の都病院で、温熱治療を受けるための診察を受けた。この治療は、会社の上司の奥様が、違う癌ではあるが温熱治療を受けておられると聞き、それについて調べているうちに、たまたま開催されていた一般に対する説明会を受けた中で、やってみる価値はあると判断して受けることにしたものだった。その説明会には、脱毛した頭にバンダナを巻いていたり、痩せ細っていたりと、明らかに癌治療を受けていると思われる方やその家族が来られていて、皆、藁にもすがる思いなんだということがひしひしと伝わってきた。

その治療を受けるためには今の状態を提示する必要があったので、画像のコピーをCDにおとして頂くことを浜田医師にお願いした。

浜田医師は、「協力はさせてもらうが、治療を混合すると、何が効いていて、何が効いていないのか、判断が難しい」と言われた。しかし、自分達にとっては、何が効いたって構わない。可能性がある、効果があると思われるものは積極的に取り入れていきたいと考えていた。

7月17日、最初の温熱治療をし、その後1週間毎に、6回1クールで保険適用となる範囲で行った。

7月30日、4回目の抗癌剤投与を行った。副作用はなく、平穏無事だった。

8月3日はCT、8月18日はMRIと、抗癌剤の効果を検証する検査が行われた。

2日後の8月20日、検査結果を聞いた。4センチあった腫瘍は2センチまでになっていた。温存手術可能という結果となった。薬は非常によく効いているとのことだった。胸への温熱治療も、薬の効果を高めたのだと思う。

入院中の佳子を、心美を連れてのお見舞い時に

◎乳房温存手術へ

8月25日、妻は翌日の手術に備えて入院した。右胸温存手術、腋窩リンパ節郭清（脇の下のリンパ節の切除）、左胸温存手術について、丁寧な説明を受けた。執刀医は斎藤医師で、浜田医師もお手伝いさせてもらうということだった。

手術は無事終わった。痛みも少なく、傷跡も目立たず綺麗で、さすが乳癌専門の科だなと思った。

手術の一環として、リンパ節を切除して顕微鏡で見た結果、腋のリンパの癌細胞は消えているとのことで、次に予定していた抗癌剤（タキソール）は中止して、万が一再発した時に使えるようにとっておきたいと、手術結果を聞く診察時に説明があった。

癌の再発は十分にあり得ることなので当時は受け入れてしまっ

たが、抗癌剤はタキソール1種類ではない。その時、タキソールを使って、万一再発した時には別の薬を使うという選択肢もあったと思う。骨転移がある以上、画像には映らない程度の癌細胞が存在するはずで、なるべくならそれらを叩いておいた方が再発リスクは減らせるのでないか、と私は考えていた。

しかし、主治医がそう言うのに、素人が、いや、そうではない、こうした方が、と言えるわけもなく、また、主治医の機嫌を損ねては後の治療が心配と考えると、抗癌剤を続けて欲しいとは言えなかった。

結果論だが、その時、抗癌剤を続けて欲しいと強く申し出なかったことを悔んでいる。

浜田医師は、我々夫婦の不安を感じ取ってか、抗癌剤をストップすることは自分だけの判断ではなく、斎藤医師を含むチームで相談した結果であることを申し添えられた。

抗癌剤だけでなく、胸への放射線も通常すべきところ、されなかった。断端マイナス（切り取った腫瘍の端に癌細胞がない）で、すべて腫瘍はとれたので、これ以上体への負担を増やす必要はないという理由からだった。

佳子は9月4日に退院した。手帳を見ると、入院中は脱毛以外に特に大きな変化はなく、心美と親子水入らずの時間を過ごしていたことが記されていた。出かける時にはいつもウイッグは欠かせなかったが。

◎佳子の手帳から

以下は、仕事復帰までの半年間を、佳子が当時つけていた手帳から書き写す。

［10月8日］**ゾメタ、血液検査　ひざ、足首等の痛みは、ゾメタの副作用との事。**
［10月15日］**心美　離乳食開始**

[10月16日] ハイパーサーミア①
[10月19日] 好美ちゃん家であかご会
[10月23日] ハイパーサーミア② 朝起きた時の手のこわばりがひどい 気になる
[10月30日] ハイパーサーミア③
[11月5日] ゾメタ・血液検査 手のこわばりはホルモン剤の副作用との事
[11月6日] ハイパーサーミア④

「あかご会」のあかごで記念撮影

[11月16日] 好美ちゃん家であかご会
[11月17日] 奈良の都病院診察
[11月13日] ハイパーサーミア⑤
[11月20日] ハイパーサーミア⑥
[12月3日] 診察・ゾメタ・血液検査
[12月19日] 心美歯が生えてきた。下の向かって右側
[12月21日] あかご会 クリスマスバージョン
[12月22日] MRI
[12月24日] 診察
[12月27日] 心美 下の左側の歯が生えてきた
(2011年)
[1月18日] あかご会
[1月19日] 心美スタイが嫌なのか、引っぱってとろうとする

［1月20日］心美口のまわりがかぶれてきた
［1月21日］佳子診察　血液検査とゾメタ　腫瘍マーカー異常なし
［1月22日］心美上の左側の歯が生えてきた
［1月23日］心美昼頃から発熱　37・2　夜には38・5　やっと離乳食をしっかり食べるようになってきた
［1月26日］昼頃、お腹の発疹に気付く
［1月27日］小児科受診　突発性発疹との事　様子見ることに。奈良の都病院にハイパーサーミア予約に行く
［1月28日］上のまん中の歯が生えてきた（向かって右側）29日のカレー作る。
［1月29日］大河原さんがひな人形持ってきてくれる　皆でごはん食べる　発疹はほとんど消えた。とても立派なひな人形　ありがたい。
［1月30日］心美　体重8・9kg　先月より▲150g　もっとしっかりたべさせないと。ミルクの量も気をつけよう。ひな人形組み立てる
［1月31日］上のまん中右側の歯が生えてくる
［2月2日］上のまん中の左横の歯が生えてくる
［2月3日］心美　口のまわりのただれが酷くなる　豆まきする
［2月4日］皮膚科で診てもらう　食べ物でかぶれただろうとの事　かわいそうでかわいそうで　うんちが水分が減って、ねっとりとした感じになってきた。
［2月5日］心美電気がわかるし　バイバイもするようになった。ハイパーサーミア17：00　一夫仕事

なので一人で行く。
［2月6日］心美ごきげんで楽しそう。センスオブワンダーでカチューシャ買う　ミルク　おむつ捨てる袋買う
［2月18日］市民病院診察　腫瘍マーカー問題なく良かった
［2月23日］心美ばいばいしないし　抱っこ抱っこばかりで大変　歩行器に乗せたら少しはましになるかな？
［2月24日］保育園説明会及び検診　簡単な説明だった。色々と揃えるものがありそう。3月1日の体験入園で詳しく聞いてこよう。
［2月25日］歩行器のためし乗りさせてもらう。少しだけど動いてたし買ってあげようかな。その後、九条公園に好美ちゃん・まゆちゃんとレジャーシートしいて2時間程しゃべって楽しかった。
［2月26日］ハイパーサーミア　赤ちゃん本舗で歩行器買う。乗せてもすぐに泣き出す　こっちが泣きたいな
［2月27日］初節句のお祝いする　ちらし寿司　はまぐりのお吸い物　菜の花のからしあえ　桃の花と菜の花かざる　はまぐりが売切れ続きであせった。　心美体重9・15㎏
［2月28日］心美よく食べるようになってきた。離乳食後のミルクがあまりいらなくなった。
［3月1日］保育園1日体験17日に延期　今日も良く食べてくれた。バナナをえさにやっと2歩ハイハイ出来た　うれしー。
［3月2日］最近良く食べるので、3回食にする。大変だけど、いっぱい食べてくれるとうれしい　パ

ンとバナナ、豆腐がお気に入り
［3月3日］少しずつ歩行器で遊べるようになってきた。気持ち動くようになった。

［3月4日］今日も良く食べた　朝お腹すきすぎてミルクをあげてしまったので、2回食になってしまった。そろそろ卵食べさせよう。5、6歩ハイハイ出来た。義母は13歩やて、くやしー。

［3月5日］ハイパーサーミア　出かけると食事させにくく2回食になってしまう。

［3月10日］ハイパーサーミア　好美ちゃん元気ないから奈良の都病院の帰りに顔見に寄る。

［3月11日］とうさんにつかまって自分で立てるようになった。（まだまだ危なっかしいけど）

［3月14日］遠くまでハイハイするようになってきた。いつかつかまり立ちするかわからないから注意しないと
［3月15日］好美ちゃんちで犬見て大興奮。楽しい話いっぱいで、あかご会　良かったー。

［3月16日］市民病院へＭＲＩ撮りに。

［3月17日］保育園1時間だけ体験　こんな遊びします　トイレはこんなんです　みたいな事だった。名前シール発注、悩んで悩んでウサギに決定。

［3月18日］ＭＲＩ検査の結果、骨転移の3分の2が治り、凄く嬉しい
［3月22日］浜田先生から電話有り、京都の元いた病院に戻るから、担当が替わるとの事　残念。

［4月5日］9：30～入園式　町長も来られてた。

［4月6日］登園初日　ずーと泣きっぱなしだったよう。帰ったらいつもより甘えてる。

［4月7日］2日目今日も泣きっぱなし。帰ったら元気に遊んでる　よくしゃべるようになってきた。

［4月8日］3日目部屋に入った瞬間に泣きだした。おいて帰るのが日増しに辛くなる。迎えに行った

ら眠っていた。少しでも慣れてくれたのならうれしいけど。検診でも大泣き。

［4月10日］保育園の不安からか、しがみついて離れない事が増えた。

［4月11日］4日目今日も大泣き。

［4月12日］5日目今日も大泣き　途中少しだけ泣き止むみたい。

［4月13日］6日目朝は大泣きだったが、途中泣き止むこともあるそう。

［4月14日］やっと少し慣れてきたとこなのに熱を出して休む　38・1℃　芝田内科で診てもらう
［4月15日］今日も休む　腫瘍マーカーの数値問題なし　手のこわばりをやわらげる薬を出してもらう。片井先生いい感じ。

◎頻繁に交代する主治医

佳子の育児休業期間もそろそろ終わりに近づいていた。5月9日、1年と1ヶ月ぶりに仕事に復帰した。慣れていた仕事なので、問題なく復帰することができた。

6月10日の診察で、また主治医が代わった。最初が前年の6月、2回目が今年4月だったので、たった2ヶ月での交代だった。今度は小西医師、平成19年卒業の非常に若い先生だった。当然、経験がほとんどなく、治療を受ける側としては非常に不安だった。なぜ、こんな短いサイクルで主治医が代わるのか、その理由が知りたかった。

◎腫瘍マーカー

前年8月の手術から1年が経とうとする時、腫瘍マーカー（癌の進行とともに増加する生体因子のこと）

に変化が現れた。それまで順調に落ち、正常値を保っていたのが、突如として少し上昇した。もしかしたら転移かも、と不安が襲った。

7月8日の血液検査で、CEA（消化器系癌等に使用する正常値5の腫瘍マーカー）1・8、CA15－3（乳癌に最も特異性の高い腫瘍マーカーで、正常値20以下）は16・3だった。二つとも正常範囲ではあるものの、6月10日の検査結果のCEA1・5、CA15－3の12・7からは上昇していた。

検査の結果とは逆に、生活面では、将来を夢見る行動をしていた。

7月24日、ママ友の企画で、3歳になった我が子にプレゼントする服を買った。何家族かの分が集められ、7月31日にタイムカプセルとして保存された。3歳になった子供の母、つまり自分に対する手紙と一緒に。その手紙が本人に読まれることがなかろうとは、それまでの調子の良さからは予想もしなかった。

8月5日の検査では、CEAは横ばいだったが、CA15－3の値が22・5となり、正常値20を超えていた。同じ日のCT検査で右胸にしこりが見つかった。エコー検査と生検をして、結果を待つこととなった。肺・肝臓は異常なしとの診断だった。

8月7日の日曜日、本来より1日早い私の誕生日祝いをしてくれた。妻が作ってくれる唐揚げ、ポテトサラダ、ほんとに美味しかった。この時が私の誕生日を祝ってくれる最後の日になろうとは、私は全く予想もしなかった。

第4章　再　発

◎たった一年での再発

8月10日、生検の結果、やはり悪性で再発ということだった。さらにもう一つ陰があるとのことで、そちらも生検し、片方だけが悪性なら温存手術で可能とのことだった。

たった1年で再発するのか。やはり、1年前に標準治療とされるタキソール（タキサン系に類する抗悪性腫瘍剤）と、局所再発を防ぐ放射線治療をすべきではなかったのか？　していたら、この再発はなかったのではないだろうか？

同時に並行して、同じ治療をして試している訳ではないので、どっちがどうという証明は不可能と思う。推測にすぎないのだが、積極的でなく、何か出てきたら対処しようという受け身の治療を行ってきたことは、後悔以外の何物でもなかった。

8月15日、もう一つの陰は悪性でないと聞き、8月30日に局所再発の手術を行うことが決まった。

◎二度目の手術

入院なしで、日帰りの手術で可能とのことだった。この手術は、QOLの維持で行うものであることが告げられた。

8月18日、「もう大丈夫だから、お金もかかるし」と、一旦中断していたサントリーの野菜ジュースを再開した。妻にもこのままでは、という思いがでたのだと思う。

8月30日、佳子の手帳。

手術は、小西医師が執刀、痛かったら麻酔足しの繰り返しだったので、体に力が入りっぱなしで、とても疲れた。顔の近くで怖いし、焼ける臭いもするし、心美を思い出して頑張った。もうこれで終わりにしたい

9月9日の診察で、ハーセプチン（HER2蛋白に特異的に結合することで抗腫瘍効果を発揮する抗癌剤）を勧められた。前任の浜田医師の時、私は、HER2蛋白（細胞の表面に存在する糖タンパクで、細胞の増殖・分化等の調整に関与している。何らかの原因で遺伝子変異が起こり、増殖・分化の制御ができなくなると細胞は悪性化する）はないか確認した。あるなら、ハーセプチン治療が有効で、再発リスクが減ることも調べてわかっていたので。しかし、2010年8月の1回目の手術の時は、HER2は陰性とのことだった。

1年経過した後の再発組織検査で変化するということは、あり得るのだろうか？　HER2陽性への変化が正なら問題ないが、もし、当時の結果の見誤りだったとしたら、最良の治療がされず、再発リスクを高めたことになる。性質が変わることがあるのか、真実を知りたい。今知っても時は戻せないが……。

9月18日。佳子の勤めていた会社の社長の奥様が逝去された。43歳。スキルス性胃癌（発見されにくく、進行が早い。転移し易い特徴をもつ）だった。年齢も妻と一つしか変わらないし、妻がもし亡くなったらということの恐怖が、現実味を帯びてきた。子供は高校と中学の男の子二人。色々考えるとどう形容すべきかわからない。決して他人事でなく、参列させて頂いた御通夜、葬儀では涙が止まらなかった。

9月24日。私の母、妻の妹、母も一緒に、六人で王子動物園に行った。初めて見る大きな動物に、心美はキョトンとしていた。腫瘍マーカーが上がってからは、佳子の姿をビデオに収録しておかないと、という義務感のようなものが強くなって、何かある毎に回すようにはしていが、この日もそれをしていた。

10月5日。首のリンパにしこりらしきものを見つけた。

◎腫瘍マーカーの上昇

10月7日。診察で、リンパのことを小西医師に告げた。腫瘍マーカーはCEA2・1、CA15－3が44・8と、どちらも正常値の枠を超えていた。

8月に再発の手術をしたものの、腫瘍マーカーは下がらない。リンパへの転移の影響か、臓器への転移もあるのか、私の心配は止まらなかった。首のリンパの触診をし、しこりを確認したものの、抗癌剤投与ということには至らなかった。

10月8日。心美の保育園の運動会に行った。佳子の姿をビデオに収めておかなければ！　とその使命

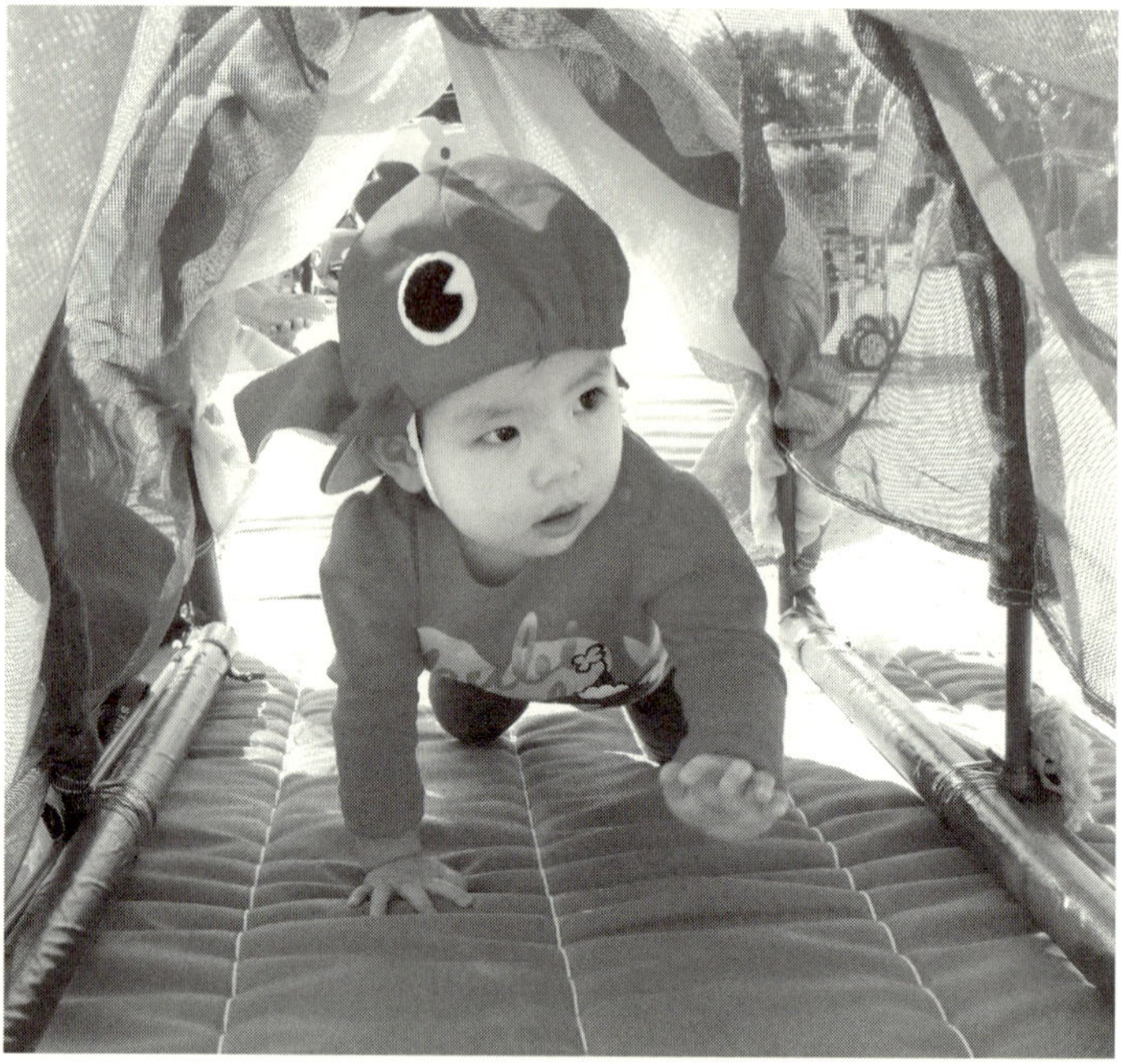

運動会でのハイハイ競技

感で私はいっぱいだった。

レンズを通して映る妻と子供の姿が霞む。子供の成長が嬉しくて出る涙でなく、もしかしたら、来年は運動会には一緒に来れないかもしれないという思いからの涙だった。

佳子の手帳には、当日の様子がこう記されていた。

赤い帽子に目、ヒレを付けて金魚になったヒマワリの子供達　皆カワイイ。ハイハイの競技もすごいスピードであっという間にトンネル抜けてきた心美　かわいい。

10月12日。妻が勤めていた会社の社長から、サルノコシカケ等を頂いた。もう必要なくなったからと。

10月13日。胸への放射線をあてるための診察があった。

10月17日。放射線治療のためＣＴ検査をした。本来ならば、1回目の術後にすべき治療のはずだと私は思う。

小西医師に、今からでもやった方がいいのかという問いかけをしてみた。やる意味はあるとのことだった。10月14日、ハーセプチンの副作用がクリアできるかどうかの、心エコーの診察があり、それはクリアできていた。

10月19日。ハーセプチン1回目の投与を行った。発熱もなく、副作用らしきものは何もなかった。

この治療についても、HER2蛋白がこの時点で初めて確認されたのかどうか疑問に思う。2010年8月の1回目の術後に、タキソール+ハーセプチン、放射線治療のフルコースを受けておくべきだったのだと私は思う。再発するかどうかのデータ取りの一つとして試されたのでは、という疑念が拭えない。

今の標準治療法が確立されたのは、過去のエビデンス（過去の患者の症例から積みあげた実績）があってのものだろう。未来のためにも、現在のエビデンスは活躍するだろう。しかし、それは目の前の患者にベストを尽くさないで取るべきものではない。

10月20日。放射線治療の位置決めに行った。マジックであちこち書かれた状態で帰ってきた。

10月24日。放射線治療を開始する。毎日数分だけの治療のために25日間通わなければならない。会社のお昼休みに出て、出来るだけ会社への迷惑をかけないようにした。

11月11日。2回目のハーセプチンを行った。腫瘍マーカーはCEA3・0、CA15－3は100・9と急激に上昇していた。転移しているに違いないと私は確信した。

腫瘍マーカーの数値をグラフにして、こんなに上がっているとこちらから診察時に言うも、小西医師からは、「腫瘍マーカーはあくまで目安、様子見」と言われた。同席していた乳癌専門の看護師からも、「患者さんの中には腫瘍マーカーの変化をグラフにして持って来られる人もいるけれど……」と言われたが、悪く言えば、患者の話になど耳を傾けなくてもいい、素人は黙っていろという風にも聞こえた。

10月の画像は綺麗とのこと。咳が出ることも申し出ていたが、放射腺肺炎を起こした場合、咳がでる

血液検査推移

腫瘍マーカー

	2010年 10月8日	2010年 11月5日	2010年 12月3日	2011年 1月21日	2011年 2月18日	2011年 3月18日	2011年 4月15日	2011年 5月13日	2011年 6月10日
CEA	3.2	2.8	2.7	2	2	2	1.5	1.3	1.5
CA15-3	19.1	17.2	15.9	16.4	15.2	16.3	14.8	13.8	12.7
合計	22.3	20	18.6	18.4	17.2	18.3	16.3	15.1	14.2
差		-2.3	-1.4	-0.2	-1.2	1.1	-2	-1.2	-0.9

2011年 7月8日	2011年 8月5日	2011年 10月7日	2011年 11月11日	2012年 1月6日	2012年 2月3日	2012年 3月16日
1.8	1.8	2.1	3	4.6	7.4	9.1
16.3	22.5	44.8	100.9	183.5	248.5	218.9
18.1	24.3	46.9	103.9	188.1	255.9	228
3.9	6.2	22.6	57	84.2	67.8	-27.9

	上限
CEA	5
CA15-3	20

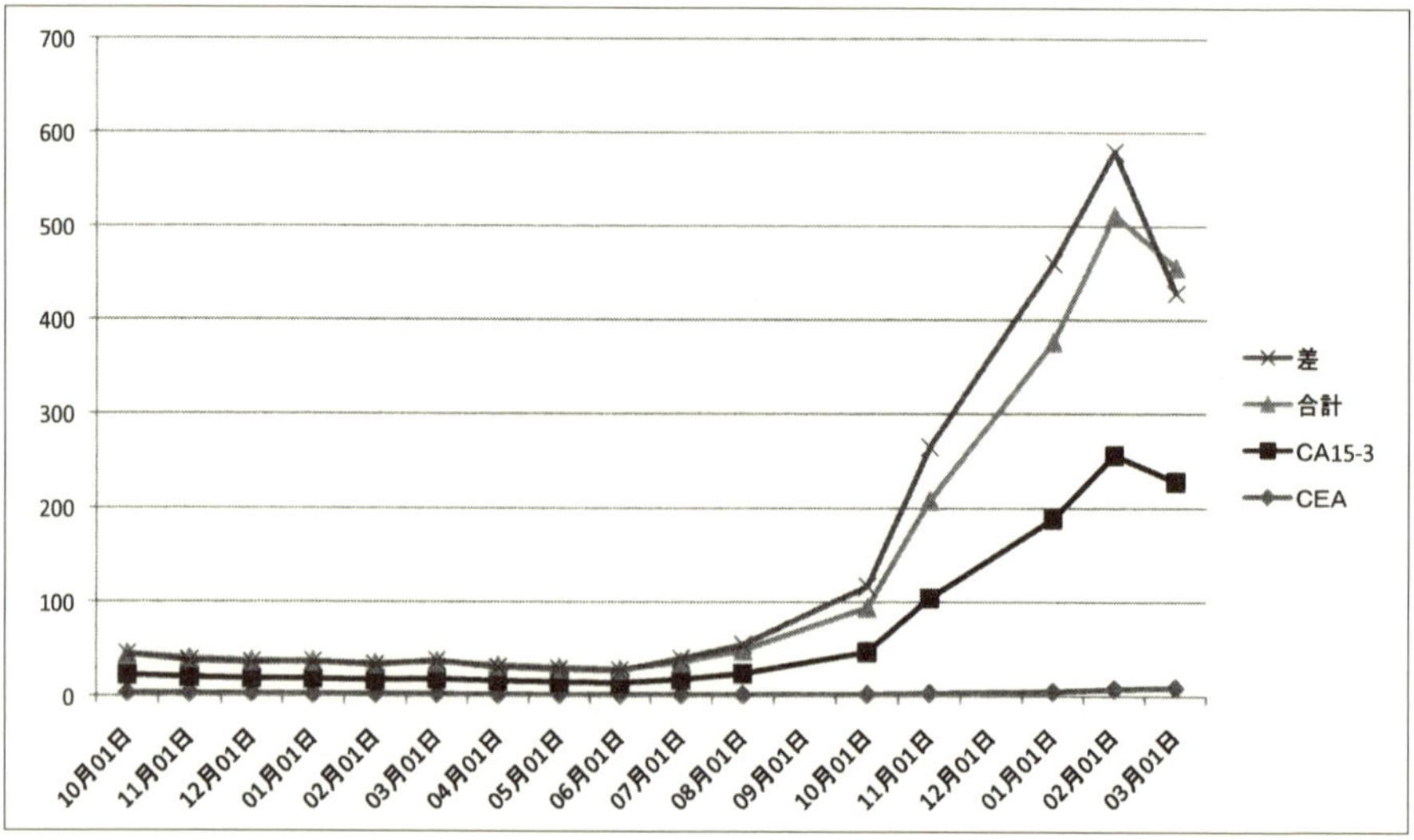

血液検査推移

	2010年 10月8日	2010年 11月5日	2010年 12月3日	2011年 1月21日	2011年 2月18日	2011年 3月18日	2011年 4月15日	2011年 5月13日	2011年 6月10日	2011年 7月8日
GOT										
GPT										
LDH	145	163	144	137	141	146	146	142	148	158
ALP										
γ—GTP										
ALB										4.3
A/G										1.22
PCT	0.13	0.12	0.11	0.13	0.12	0.12	0.12	0.13	0.13	0.13
PLT										
PDW	13.2	9.3	9.1	9.6	10.2	9.7	9.4	9.7	9.7	8.8
LY	22.1	25.3	25.9	27.4	29.9	30	16.3	15.7	33.3	13.8
Neu	70.6	69.4	66.7	66.6	63.2	59.2	76.8	77.2	59.8	79.4

2011年 8月5日	2011年 10月7日	2011年 11月11日	2012年 1月6日	2012年 2月3日	2012年 3月16日	2012年 5月14日	付属 2012年 5月16日	2012年 5月28日	2012年 5月29日
	18	19	23	25	26	114		188	172
	18	18	19	25	23	70		105	98
161	143	202	233	350	308	797	723	1451	1191
	103	134	117	127	107	176		332	281
	27	30	33	55	53	215		592	516
4.5	4.3	4.3	3.7	3.8	3.9	3.9		4.00	
1.18	1.26	1.1	1.09	1.06	1.26	1.26		1.14	
0.14	0.13	0.13	0.12	0.13	0.13	0.04			
				15.2	15.6	4.3	3.8	2.6	2.5
9.2	9.6	8.1	8.9	7.4	8.4	9.7			
26.1	25.5	15.1	12.9	6.4	6.4	19.3		23.0	
69	70.6	79.2	81.3	92	89	73.8		68.3	

2012年 5月29日	2012年 5月30日	2012年 5月31日	2012年 6月1日	2012年 6月2日	2012年 6月3日	2012年 6月4日	2012年 6月6日	下限値	上限値
172	149	151	172	170	160	183	262	8	38
98	93	96	118	115	113	136	185	4	44
1191	1037	1086	1170	1211	1122	1127	1506	106	211
281	274	288	330	342	321	352	486	104	338
516	486	536	657	668	685	728	961	16	73
								3.8	5.3
								1.2	2
	0.07	0.05	0.03					0.17	0.35
2.5	6.7	4.6	3.4	2.6	2.1	1.8	3.0	14	38
	10.9	10.8	10.3					9	17
			31.7					20	50
			60.5					37	72

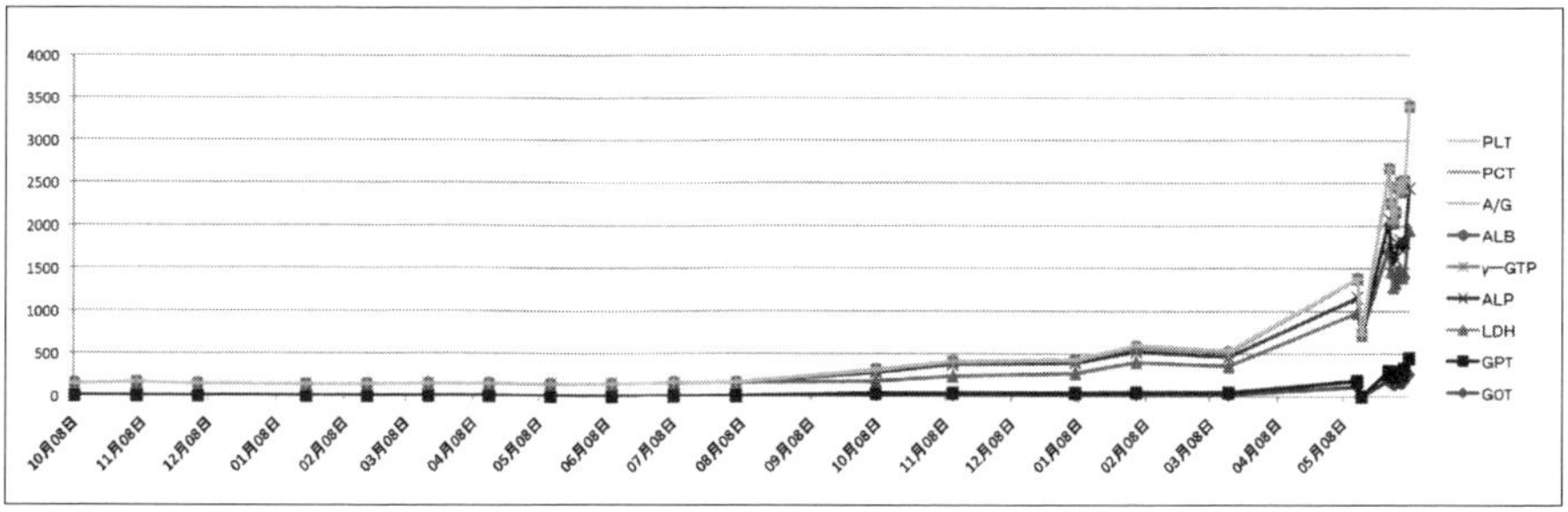

ことが考えられるが、通常、放射線肺炎（放射線照射後、すぐには現れず、1〜3ヶ月後に現れることが多くみられる。早期では無症状だが、発熱・咳・呼吸が速くなるなどの症状がゆっくり現れる）が出るのは放射線治療をしてから1ヶ月程経過してからなので、それではない。「風邪が流行ってますからね？」と、呑気な診察だった。

腫瘍マーカーが正常値の5倍になっても、CT画像に出てないから抗癌剤をしないのか？　他の臓器への転移を疑わないのか？　画像だけが判断基準だったら、腫瘍マーカーをとる意味はどこにあるのだろう？

腫瘍は5ミリ以上にならないと画像に映らない。こんな呑気なことでいいのか。

11月29日。放射線治療が終了した。佳子の手帳には、

でも、これでおわりじゃない。治ったわけじゃないんだし、もっと頑張らないと。

と、書かれていた。佳子が必死で頑張っていたことを、改めて確認した。

12月10日。年賀状用の写真を公園に撮りに行った。小雨の中で撮影し、早く終わらせたかったが、なかなか気に入ったカットにならなかった。やっとこれだというカットが撮れて、そのまま印刷ができる写真屋さんに持ち込んだ。

撮影しながらも、いろいろ考えると集中できなかった。これが、親子三人で撮影した最後の年賀状となってしまった。

◎放射線肺炎か？

（２０１２年）

１月１日。佳子の故郷である埼玉へ向かった。

手帳に佳子は、

２０１２年のはじまり、おだやかな１年になりますように。

と記していたが、願い虚しく、そうはいかなかった。

１月３日。佳子の妹、母と一緒にスカイツリーを見に行った。いい思い出になった。

１月６日。ハーセプチンとゾメタの点滴。腫瘍マーカーはＣＥＡ４・６、ＣＡ15－３は１８３・５と、またしても急上昇していた。

１月18日にＣＴとＲＩの検査を予約した。

［１月10日］**せき、息切れ、気分不良で最悪。前からせきはでていたが、だん**

スカイツリーをバックに親子三人で

だんひどくなって、息切れ、息が浅く、しんどい、次の診療まで遠いな。

［1月11日］息切れ、しんどい。
［1月12日］気分不良、しんどい。
［1月13日］息切れ、しんどい。
［1月14日］息切れ、しんどい。
［1月15日］しんどい。

妻の苦しい病状が手帳に記されていた。1月18日。予定通りCTとRIの検査をした。

［1月20日］CTとRIの結果、骨はだいぶよくなっている。肺・肝臓への転移もなし。ただ、放射線肺炎になっている、その為、セキ、息切れの症状。呼吸器科で診察し、お薬もらう。ハーセプチンの影響ではない。

私は、各薬の副作用や放射線肺炎の副作用を調べる中で、どの副作用にも息切れがあることを知ったが、早くからセキが出ていたことが放射線肺炎とはつじつまが合わず、癌の転移が本当の原因ではないかと思っていた。

［1月21日］薬飲んだらだいぶ楽。前からセキの症状を伝えていたので、もう少し早く気づいて欲しかった

［1月22日］　**気分もよくなり、息もだいぶ楽。**
［1月23日］　**体がしんどかったのが、ウソの様に元気に。仕事していても楽しい。**

◎肺転移・癌性リンパ管症

［1月27日］　**一転、肺炎だけでなく、肺転移との事。抗癌剤治療をすすめられる。2／1に返事。ショック……でも頑張るしかない**

レントゲンを撮り、放射線肺炎だけでなく、肺転移と判明。しかも、癌性リンパ管症。主治医からは抗癌剤治療を勧められた。

私が、どの抗癌剤をするのかと聞くと、小西医師は「アブラキサン」と答えられた。初めて聞く薬の名前だった。

1回目の手術時に、当時の主治医から万が一の再発の時のためにとっておきたいといわれた薬がタキソールだった。それで、なぜタキソールではないのかと聞くと、「アブラキサンはタキソールより後発のタキサン系の薬で、こちらの方が効くと思う」と小西医師は答えられた。

乳癌の抗癌剤には大きく、アンスラサイクリン系（ストレプトマイセス属微生物に由来する癌化学療法に用いられる薬剤の一群で、多くの癌の治療に用いられる）とタキサン系（微小管の脱重合阻害による細胞増殖抑制を行う作用機序をもつ抗癌剤）があり、アブラキサンは後者の部類に属するということだった。

妻が、いつまで抗癌剤をしないといけないかと聞くと、小西医師は「ずっと」と言われた。その場で私は、「ずっと」という言葉の意味を深く聞かなかった。いい話でないことは容易に想像がついたので、妻に絶望感を与えたくなかったから。

家に帰ってから、癌性リンパ管症とアブラキサンについてすぐ調べた。癌性リンパ管症は、いいことが一つもなかった。良くなることはない、病状の進行が早い、平均余命3ヶ月、最後はモルヒネで意識を遠のかせ、苦しさを緩和する、ということだった。

とても妻に言える内容ではなかった。抗癌剤は「ずっとしないといけない」という主治医の言葉は、「治らないから命途絶えるまで」という意味だったことが、よくわかった。

［2月1日］ **一夫と病院へ、抗癌剤治療をする旨伝える。2月3日が1回目となる。**
［2月3日］ **治療が始まったら吹っ切れた。前向きに頑張る。**

その日の腫瘍マーカーはCEA7・4、CA15-3は255・9と、病気の勢いの凄まじさを物語っていた。今までの腫瘍マーカーの上昇の仕方から、癌性リンパ管症ということがもっと早くわからなかったのだろうか？　それとも、若すぎる主治医に経験がなく、発見が遅れたのかはわからない。

癌性リンパ管症と告知された診察室の中で、主治医のPHSが鳴った。何か指示されているようだった。恐らく電話の相手は、乳腺センター長の斎藤医師だったと思われる。それまで、「チーム医療」という言葉を信じていたが、確証はないけどもそうはなっていなかったと思われる。

患者への告知の最中に、どのように対応するかを指示するということは、患者に話をする前の段階で裏方では何も詰めてないということになる。「お前はどう思う」、「私もそう思います」という話の内容が漏れ聞こえてきた。

妻が、その場に同席していた看護師さんに、「外した方がいいですか?」と尋ねると、「そのままで」と言われた。

電話が切られ、抗癌剤投与についての話になった。

チーム医療として機能していたなら、斎藤医師が介入して、もっと早い段階で、癌性リンパ管症になったこと、あるいはなりそうなことがわかったのではないかと悔まれてならない。

私は、妻の診察には、仕事の都合がつく時はできるだけ同行するようにしていた。妻の不安を少しでも和らげてあげたいのと、医師の言う内容を深く理解するために。

妻は、病気が発覚した最初の頃は、自分でネットを使って調べたりしていた。しかし、それは長くは続かなかった。調べるうちに恐怖心の方が強くなり、調べるのをやめてしまったのだ。

私は、妻を助けたい一心で、何かいい治療はないのか、必死で調べ続け、医師の言うことが正解なのか、不正解なのか、状況がどのように変わっていっているのか、判断がつくように努力していた。毎回、診察室での会話を録音しておいて、家に帰っては繰り返し聞き、言われたことの理解を深めた。

心美も数回、診察に連れて行ったことがある。こんなに小さな子供がいるのだから、何が何でも妻を助けて欲しい――。そういう思いを医師に伝えたかったからだ。

［2月4日］**心美の保育園の生活発表会に行き、とっても良く音楽に合わせて、踊る事が出来ました。**

この日にスヴェンソン（ウイッグの店）を予約した。ウイッグを買うのは二回目になる。前のウイッグも出来が良く、ウイッグをつけていることを知らない「あかご会」のメンバーから髪型を褒められ、好美ちゃんと二人で爆笑したことがあったらしい。
2月5日。生駒にある宝山寺にお参りに行った。坂と階段が凄く、妻は息苦しくて休み休みしか上がれない。やっとの思いで、山の中腹にある観音堂にたどりついた。全く信心深くない私が同行したことで妻は凄く喜んでくれたが、そうでもしたくなるほどの厳しい状況だった。

［2月5日］**心美は言葉がどんどん増え、「あっぷっぷ」、「あか」、「あお」が言えるように。**
［2月6日］**抗癌剤の副作用で関節痛が出て、痛み止めを飲む。**
［2月7日］**体調、軽い関節痛。**
［2月8日］**関節痛なし、両手指先に少ししびれ。**

2月9日から2月11日も同様だった。

◎最後の家族旅行

［2月12日］**丹後半島に旅行に行った。間人ガニを食べに。天橋立に寄って昼食をとった。カニ美味しかった。部屋も綺麗で広くて、檜の温泉風呂付きで、心美もはしゃいでいた。寝るのがもったいなく、ずっと味わっておきたいぐらいだった。ただ、カニが怖くて食べるどころか、近づきもしなかった。**

二人ともカニ味噌を生で食したのは初めてで、凄く美味しかった。刺身、焼き、鍋、色んな食べ方を

丹後半島への家族旅行で、夕食時に

満喫した。大人二人で、カニ4匹は食べきれず、茹でた1匹を持ち帰って家で食べた。

［2月13日］**関節痛なし、指先少ししびれ。旅館をチェックアウトして、豊岡の鞄の店を4件訪れた。朝食食べすぎてお腹が空かず、15時頃出石そば食べる。鞄買ってもらう。**

妻が癌性リンパ管症と診断されて、患者の平均余命が3ヶ月と知った時、私は妻の体が動かなくなる前に、なるべく早い時期に、最後になるかも知れない家族旅行をしておこうと考えた。だから、普段の食生活からは考えられないような高価なカニ料理も気おくれせずに食べに行こうと思った。

◎薄れゆく希望の光

［2月14日］**関節痛なし。少ししびれ、毛髪少し抜け始める。**

［2月15日］**スヴェンソンでウィッグ作る。駅の階段上り下りがしんどい。息切れ。関節痛なし、少ししびれ。**

［2月16日］**ウィッグで会社に、ところがバレバレ。髪型がおかしいのか？　まだ自毛があるから丸みがありすぎるのも原因かも。もう少し短くきってもらう。脱毛。**

会社で妻の病気のことを知っている人は極くわずか。知らない同僚が「かつらみたいやな」と言ってしまったのだとか。本人は涙を流して、「病気やねん」と応えていたということを、あとで周りの人から教えてもらった。咳はこの日までは多かった。

［2月17日］**病院に一夫も一緒に行ってくれる。セキ、息切れはガン8割、肺炎2割との事。肺炎は少しよくなっている他は変わりなし。**

レントゲンの画像を見せてもらうも、前回からの変化はほとんどないように思えた。

2月18日、奈良の都病院にハイパーサーミア（癌細胞の温度を上げ、癌細胞を死滅させる温熱治療）のための診察に行くも、間質性肺炎（肺の間質性組織を主座とした炎症を来す疾患の総称）をおこした状態ではあまり当てない方がいい、固形癌でないと当ててもあまり効果が期待できないとのことで、キャンセルする。

抗癌剤と併用すると効果があったハイパーサーミアの効果がないと言われ、希望の光が消えた。二人とも意気消沈し、私は妻にかける言葉を必死に探した。

［2月19日］**どこも痛みなし、少ししびれ、脱毛。心美、ひな人形が怖くて近づけず。大河原家**（一夫の姉夫婦）**が来て、楽しく遊ぶ、汽車ポッポや追いかけっこ。**

［2月20日］**痛みなし、しびれ少し、食欲あり、セキ少しまし**

［2月21日］**痛みなし、少ししびれ。**

2月22日、23日も同様だった。

［2月24日］**アブラキサン2回目、特に問題なし。帰り、好美ちゃんとこ寄って話聞いてもらう。**

この時、自分にもしものことがあったら、一夫と心美を宜しくと言うつもりだったが、怖くて言えなくなり、後でメールが来たということを好美ちゃんから聞いた。

［2月25日］**若子**（佳子の母）、**さあちゃん**（同妹）、**しんくん**（同弟）**来てくれる。痛み特になし**

［2月26日］**皆で京都に行く、心美大はしゃぎで面白かった。京都駅まで若ちゃん達送って帰る、痛み特になし。**

京都駅まで送りに行って、お別れの際、これから先、妻はこの親兄弟と何度会うことができるのかと考えると、自然と涙が出た。帰って行く方も同じだった。

［2月27日］**足の関節が痛む（痛み止めを飲む）。手足のしびれ、前よりひどい。**

2月28日、29日も同様だった。

［3月1日］**関節の痛みほとんどなくなる。手足のしびれ気になる。**

3月2日、3日、4日も同様だった。

スヴェンソンで、ウイッグのシャンプーの練習とサイズ調整をした。車で行ったが、佳子が店に入って行く時に、心美は少し眠かったのもあったと思うが、大泣きした。

［3月5日～3月11日］**関節痛なし、手足しびれ。**

［3月8日］**理恵子さん**（一夫の姉）**と玲南ちゃん**（同姪）**とランチ。美味しいし、話も色々出来て楽しかった。**

［3月12日］**関節痛なし、しびれ少し、せき少し、人参とりんごの生ジュース始める。**

済陽先生の食事療法はずっとやってきたが、生ジュースだけはしていなかった。これから効果が現れるかわからないが、藁をもつかむ思いで、何かしないといけないと必死だった。

［3月13日、14日］**関節痛なし、しびれ少し、せき少し。**

［3月15日］**関節痛なし、しびれ少し、せき少し。セキが少し増えてきた。**

自分でも増えてきている自覚があったよう。3月11日頃からセキが増えだし、寝ている時にもすることがあった。起きがけにはする頻度が多くなっていた。

［3月16日］**関節痛なし、しびれ少し、せき少し。**

アブラキサン3回目の投与を行った。腫瘍マーカーは、CEA9・1、CA15−3は218・9と前回よりは少し良くなっており、薬が効いていてよかったと思った。しかし、正直、もう少し数値が改善されていると思っていたが、やはり癌性リンパ管症の勢いは凄まじいのかと思った。

［3月17日］**関節痛なし、しびれ少し、せき少し。回数増す毎にしびれがひどくなってきた。**

［3月18日］**関節痛なし、しびれ少し、せき少し。雨天の為、ワールド牧場**（あかご会のママ友達と行く予定だった）**4月22日に延期。**

［3月19日〜3月25日］**しびれ有り、せき有り。**

［3月23日］**免疫療法を始めるにあたり、小西医師への報告と協力依頼をする。手術の際にとった標本を貸して頂けるとの事。**

［3月24日］**大野と子供2人、だんなの実家に寄ったあとうちにくる。**

妻の高校時代の親友で、御主人の枚方の実家に寄ったため、うちに来て頂いた。19時に枚方にお迎えに行った。

［3月25日］しびれ有り、せき有り。奈良公園の鹿を見に行った。鹿が寄ってきても平気な心美。しかせんべいも楽しそうにあげている。15：00頃、かんぽの宿にチェックインし、ゆっくりする。積もる話も沢山した。

［3月26日］かんぽの宿をチェックアウトして、西大寺まで送って会社に行く。しびれ有り、せき少し。夜は山口さんの送別会、寂しくて泣いてしまった。心美はおばあちゃんとねんね。

［3月27日］しびれ有り、せきほとんど無し

［3月28日］しびれ有り、せき無し。

［3月29日］しびれ有り、せき無し。16：15心美発熱とTELあり、17：15お迎え　あおきさん受診インフル　RS　アデノ陰性　お腹の風邪。

［3月30日］しびれ有り　せき極少し
ひまわり組最後の日だがお休みする　夕方また熱あがる。

［3月31日］しびれも少しましになってる、せきはほとんど無し。大河原家へお邪魔、鍋・生春巻・チヂミを御馳走になる。心美熱昼頃下がる。

姉は、私が普段から食事療法の管理をしているのを知っていたので、食材を考慮してくれていた。

［4月1日］しびれ有り、せきほとんどなし。心美下痢続く　ウィッグ洗髪。

［4月2日］しびれまし、せきなし。心美今日から「バラ組」稲葉先生、岸先生、鈴木先生、乾先生、雰囲気が変わったので大泣き。

［4月3日］しびれまし、せきなし　今日も泣いた。

［4月4日］しびれまし　せきが急にひどくなる　ガラガラのたんがからむせき　今日も泣いた。

［4月5日］しびれまし、せき止まる　今日も泣いた。

［4月6日］ゾメタ、ハーセプチン、アブラキサン4回目。問題無く点滴終了。田宮クリニックと、乾癌免疫クリニックへの紹介状くれる。しびれまし、せき無し。今日は泣かずに稲葉先生に抱っこされてた。

［4月7日］しびれ無し、せき無し。あさがおクリニック卒業。乾先生とても親身になって頂き、信頼出来る方だった。


あさがおクリニックへは亜急性甲状腺炎で半年に一度程度通っていた。

この日、乾癌免疫クリニックを受診した。本当に親身になって頂き、信頼出来る先生。世の中の先生が皆このようであればと思った。

現状で有効なのは、ビタミンCの点滴（超高濃度ビタミンCは身体に最も優しい抗癌剤の一種）とマクロファージ（免疫細胞の中心を担うアメーバー状の細胞で、生体内に侵入した細菌・ウイルス、また異物・癌細胞をも貪食し消化する）活性化療法と説明頂いた。

［4月8日］しびれ出てきた。少し関節痛、せき無し。
［4月9日］しびれ有り、関節痛有り、せき無し。田宮クリニックの説明はいまいちで他人事の様だった。乾癌免疫クリニックに決めよう。保育園の担任の先生が家庭訪問に来られる。やはり

一人遊びが好きで、強さもみられるとの事。園だと、ハミガキもするみたい。

田宮クリニックの医師の説明は、まるで他人事だった。とても助けたいという思いは感じられなかった。

自家癌ワクチンの作成には早くても1ヶ月以上かかるとのこと。物理的に期間がかかるのはわかるが、そんなに悠長に待っている暇はないと思った。その訳は妻には言えなかったけれど。費用も150万くらいかかるよう。

二人の意見が一致し、乾先生の治療を受けることにした。患者側からすれば、医師がどれだけ親身になってくれるかということは、治療を受ける医療機関選択の非常に重要なポイントとなると思う。

［4月10日］しびれ有り、関節痛有り、せき無し。

［4月11日］しびれ有り、関節痛無くなる、せき無し　夜左足ふくらはぎ腫れに気づく。

第5章　一日違いの運命

◎血栓で入院

［4月12日］**しびれ有り、関節痛なし、せき無し。今日も腫れて歩くと痛い。乾先生、メールの返事の為電話下さる。**

私達はその頃、得られる全ての情報を取得して、乾先生に治療についての質問をメールでしていた。

［4月13日］**しびれ有り、関節痛無し、せき無し。足が昨日と変わらないので、夜、中里クリニックへ。附属病院へ紹介状くれる。**

ふくらはぎの腫れは飲み薬で治ると聞いていたので、そんなに深くは考えなかった。

［4月14日］**しびれ有り、関節痛なし、せき無し。附属病院受診、ＣＴの結果、血栓が出きてるので即**

入院して点滴するとの事。一夫が必要なもの持ってきてくれる。

前日、ふくらはぎの腫れで受診した中里クリニックからの紹介状を手に、妻と私は心美も連れて三人で附属病院を受診した。ＣＴ検査の結果、血栓が出来ているとのこと。担当医からは「即入院して点滴する」と告げられた。

血栓の危険性については出産の時に聞いて理解していたつもりだったが、一旦帰らせてもらうことも許してもらえなかった。今の血栓がはがれて肺に行き、肺塞栓（多くは静脈血栓、とくに下肢の深在静脈血栓が剥離して肺動脈に流入し、肺動脈が閉塞されて生ずる疾患）を起こすと命の危険があると……。

現状、乳癌治療で市民病院を受診していることを担当医に申し出、市民病院で治療したい旨を伝えた。すぐに市民病院の主治医に連絡したがつかまらず、電話に出た看護師が当直の外科医に確認すると、その状態なら附属病院へそのまま入院した方がいいとの判断だった。この附属病院への入院が、後々致命傷になるとは、その時は微塵も思わなかった。

前日の金曜日に中里クリニックを受診し、附属病院しか開いていない土曜日に受診したのであるが、もう一日早く、金曜日に市民病院を受診することができていたら違った展開になっていたろうことが、後々明らかとなる。

附属病院への入院の手続きを済ませ、すぐに病室に案内された。四人部屋だった。私は取り急ぎ、心美を連れて、入院に必要なものを取りに帰った。診察後に家族三人で外食するつもりが、こんなことになってしまった。

心美にご飯を食べさせて、用意を急いだ。まるで、妻が逝ってしまった後の生活がどうなるかのシミュレーションをするための入院のように思えた。

［4月15日］**しびれ有り、関節痛なし、せきなし。入院2日目、大河原さんお見舞いに来て下さる。足の腫れひく。**

昼間、本当は家族三人で参加するはずだった会社の仲間とのバーベキューに、私は心美と二人で出た。せっかくの親睦会も、佳子のことが心配で仕方なかった。

病院には大河原家が見舞いに行ってくれていた。佳子の足の腫れは引き、血栓は順調に快方に向かっているといると感じていたようだ。

血栓の治療の点滴は、ワーファリンだった。しかし、ワーファリンはビタミンKを含む食品と合わせては効力がなくなるので、残念ながらそれまで毎日食べていた納豆は食べられないということだった。

納豆は乳癌にいいとされている。乳癌は女性ホルモンと合体して成長する。女性ホルモンは、大豆の成分であるイソフラボンと似ており、癌細胞がそちらとくっつくという理屈からだ。その納豆が、どれだけ効果があるか数値的なものは理解していないが、今までしてきたことが出来ず、ベストを尽くせないようで悔しかった。

［4月16日］**指先のしびれ有り、関節痛、せき無し。入院3日目、木村先生が小西先生に連絡してくださり、このまま附属病院に入院する事に。お母さん仕事の為心美保育園へ。**

附属病院の循環器科の主治医である木村医師が、市民病院の乳腺センターの主治医である小西医師に連絡し、このまま附属病院に入院することになった。

私の母親がシルバー人材の仕事日にあたっていたため、心美は保育園に預けた。慣れない私が預けに行けるように、佳子は預ける時にしないといけないこと、迎えに行ってしないといけないことを判り易く書いてくれていた。

心美の保育園送迎

1、家での準備

・ビニール2枚（毎日）表裏にことみと書く。

・紙おむつ5枚程（正面にことみと書く）（園に5・6枚ストックする）

・トレーニングパンツ3枚（毎日）

・布おむつ（全部で20枚あるので、内10枚ほどを保育園にストックする感じで）

・エプロン・タオル・小さいタオル（毎日持帰るので、洗ってまた持って行く）

・着替え（持ち帰ったものを洗って持って行く）

・連絡帳　書いて毎日持って行く

・布団（カバーをかけて、上下布団とねこのピンクのタオルケットを布団入れに入れて持って行く）

★4／21の総会欠席なので、委任状書いて月曜日に先生に渡す

私の話もして、火曜日からどうするか伝えて。

2、送り（教室　ばら組）

・トイレの心美のバケツにビニールセット
・ロッカーの引出し手前側にビニールセット
・手拭きタオルは窓側にタオルかけに
↓心美が自分でするので確認だけ
・連絡帳、エプロン、口拭き用の小さいタオルを各々のカゴの中へ
↓トイレ入口手前、オムツの棚の上にカゴ有り　口拭きタオルは、名前の所へ
・オムツカゴ補充
↓オムツのカゴに、布5・6枚　紙2枚
トレーニングパンツ3枚、オムツカバーは入ってるそのままで、おしりふきをセット。残ってたらロッカーへ。
・着替えをロッカー上段のカゴの中へ。
↓半袖のミニーのTシャツだけは下段のカゴへ。（お昼寝用）
・布団をしまう
↓教室入って左側遊び場の奥に布団入れがあるので、カバーから出して3枚まとめて置く　カバーはカバー入れのカゴへ
・布オムツにはきかえる
↓オムツの棚の前が、オムツ替えの場所なので、そこでズボンとオムツを脱がせて、しっし行っといでとオマルに行かせる。
・戻ってきたら、トレーニングパンツの中に、布オムツを2つ折りにはさんではかせる。

・変わった事があれば、その旨先生に伝える
・ことみにじゃあねって声かけて、お願いしますと退室
3、お迎え
・教室前の長いすから、ことみのバックを持ち帰る。
・教室に入ってことみを連れて帰る。
・18時以降は下の部屋に移動してるので、そこに迎えに行く。その際もバックは上なので取りに行く。
・絵本は少し付き合ってあげて
・事務所前の給食も必ず見て帰る。

［4月17日］指先しびれ有り、関節痛、せき無し。入院4日目。夜から飲み薬を開始、徐々に点滴からシフトするそう。理恵子さん来てくれる。保育園しばらく休むことに。

姉が見舞に行ってくれた。心美の担任の先生に事情を話し、保育園は暫く休むことにした。血栓の話だけでなく、癌の話もし、厳しい状況であることを伝えたので、先生の表情は少し歪んでいた。

［4月18日］指先しびれ有り、関節痛、せき無し。入院5日目。さすがに退屈してきた。一夫来る。

この日私がお見舞いに行った。19時までの面会時間なので、なかなか行ってあげることが出来なかった。しかし、免疫治療に欠かせない舞茸の味噌汁かスープを作って、魔法瓶に詰め、毎朝会社に行く前

に届けに行っていた。

［4月19日］**指先のしびれ有り、関節痛、せき無し。入院6日目。**

［4月20日］**指先のしびれ有り、関節痛、せき無し。採血、数値は下がっているが、思った程では無い。週明けまで様子見とのこと。さく君ママ来てくれる。ケーキとマンガ頂く。14時過ぎから15時頃一夫来る。**

この日は保育園のママ友、さく君のママがお見舞いに来てくれ、ケーキと漫画を頂いた。私は14時過ぎから15時頃、仕事の合間に少し寄ることが出来た。

［4月21日］**指先のしびれ有り、関節痛、せき無し。入院8日目。15：00頃みっちゃんプリン持って来てくれる。そのあと、お母さん、理恵子さん、お兄さん、玲南ちゃん来てくれる。18：00一夫来る。せきの薬やめる。**

15時頃、保険の外交をしている美智子さんがプリンを持ってお見舞いに来てくれた。妻の会社に営業で来て知り合い、以後二人は仕事だけでなくプライベートな付き合いもしていた。その後は、母、姉、義兄、姪っ子が行ってくれた。18時に私も行くことが出来た。

［4月22日］**4月22日。指先のしびれ有り、関節痛なし、せき無し。入院9日目。13：00佐藤和彦さん**

夫婦。13：30好美ちゃん来てくれる。16：00頃一夫くる。

13時頃、妻の会社の佐藤職長夫妻がお見舞いに行ってくれた。13時半には好美ちゃんが行ってくれた。お見舞いラッシュで忙しかったみたい。

16時頃私が行った。病室へは心美は連れていけないし、本人はトイレ以外は動かないように安静を命じられてるので、子供の入室が許可されている談話室までも行けない。つまり、入院から退院まで心美に会えない状況が続いていた。

◎抗癌剤延期

［4月23日］**手先のしびれ有り、関節痛なし、せきなし。稲葉先生からＴＥＬあり、検尿とぎょう虫検査まで届けてくれる。入院10日目。採血の結果、薬の効きがいまいち。今週いっぱいかかりそう。木村先生来て、木曜日に採血して決めますとの事。金曜日の抗癌剤治療に間に合わなさそう。**

市民病院での抗癌剤治療が4月27日にあたっていることは前から伝えているし、その日までに何とか退院させて欲しいという強い思いは最初からあった。

［4月24日］**手先のしびれ有り、関節痛なし、せきなし。入院11日目。一夫来る。**

［4月25日］**手先のしびれ有り、関節痛なし、せきなし。入院12日目。**

［4月26日］**手先のしびれ有り、関節痛なし、せきなし。入院13日目。採血の結果、またまた薬の効きがいまいち。退院出来ず。抗癌剤は5月14日に変更。大丈夫かな。理恵子さん、一夫来てくれる。**

退院が延びてしまったことで、4月27日に予定していた市民病院での抗癌剤ができなくなってしまった。市民病院にその旨を申し出ると、予約がいっぱいで5月14日まで出来ないとのことだった。私は、癌性リンパ管症という、進行が極めて早い妻のような状況で、そんなに延ばして大丈夫なのだろうかという疑問があった。しかし、その疑問をその時に小西医師に投げかけて、もっと早く抗癌剤をするよう抗議しなかったことを、私は後ほど深く、後悔することになる。この後悔は今も変わらない。これは、私が一生引きずって生きていかなくてはならない罪だ。

◎制度の陥穽

私は、妻の入院が長引き、抗癌剤投与周期にさしかかったら、その時は附属病院で抗癌剤治療が出来ればいいと考えていた。しかし、それが出来ないということを後から知った。一つの病気を違う病院で治療することは、紹介状を通じて転院の手続きをしないと出来ないとのことだった（紹介状を書いてもらっても、病状次第で、転院先が受けてくれるかどうかの問題もある）。

妻のように、一つの病気（乳癌）を治療中に他の病気（血栓）を併発してしまい、治療中の病院とは違う病院に入院せざるを得ないケースは、絶対にあり得ることだ。こんな時には、その入院先の病院でも治療できる制度にならないと、妻のように元の病気が進んでしまって致命傷になるケースが、この先いくつも出てくるだろう（単に表面化していないだけで、これまでもこういう不幸なケースは沢山あったのかも知れないが）。

過ぎてしまったことについては、もうどうしようもない。大事なのは、同じことで苦しむ患者本人や家族を、これから先増やすようなことがあってはならないことだ。どこの病院でも、どの医師にあたっても、ベストと思われる治療が行われないことには、助かる命も助からない。やりきれない思いをすることが跡を絶たない。

過疎で小さな診療所しかなく、病気になる度に都会の病院まで治療を受けに行かなければならないようなことは、そこに住む人々にとって大きな問題だと思う。しかし、専門の医師がいる病院があり、治療のための設備も全て整っている環境の中で、治療中に併発した他の病気で入院した病院で、元の病気が治療できないことは、患者にとっては酷なことだ。一つの病気は一つの病院でしか治療できないのであれば、患者にとって病院がいくつあっても意味がない。

これは一医師を責めたり、病院間の融通のきかなさをうんぬんするというような問題ではない。制度自体が見直され、改訂されるべき、もっと大きな問題だと私は感じる。

［4月27日］**しびれ有るがまし、関節痛なし、せきなし。入院14日目。心美の大事な大事な誕生日なのに、そばにいてあげれず切ない。早く帰ってだっこしてあげたい。一夫来てくれる。**

まだ2歳になる子の母として、子供の誕生日を祝ってあげるどころか、子供に会うことさえ出来ないということは、どんなに悲しく、つらいことだろうか。同じ年頃の子を持つ母親方にはわかってもらえると思うが、妻には自分の体のことよりも、恐らくそっちの方が何倍もつらかったに違いない。
保育園への送迎の仕方、何を持って行くか等々を判り易く書いてくれたノートの一番後ろに、心美へのメッセージが書かれていた。

2歳の誕生日おめでとう。大切な日に、そばに居てあげれなくてごめんね。元気になったら、いっぱい遊ぼうね。これからも元気にすくすく育って、父さん、母さん、心美3人で楽しい事いっぱいしようね。

短い文章だが、妻の思いと現実との乖離に、私は胸の詰まる思いがした。

［4月28日］**しびれほんの少し、関節痛なし、せきなし。入院15日目。採血。いったいいつ帰れるのやら。やったー。明日退院だー。点滴はずしてシャワーする。**

［4月29日］**しびれほんの少し、関節痛なし、せきなし。退院。心美は最初ボーとしていて、しばらくして抱っこと手を出してきた。2日遅れの誕生日会する。心美良くおしゃべり出来るようになる。**

退院した日に2日遅れの誕生日祝い

心美は16日ぶりに会う母親に戸惑っていた。この時期の子供にとって母親の存在は絶対であり、どんなに待ち望んだことだろう。

また、この年の子を持つ親にとって、子供と会えないことはどんなに切ないことだろう。

家に帰って、2日遅れの誕生日会をした。親子三人でお祝いできる最後の誕生日会になるとは、可能性はあったが、それは認めたくなかった。

心美がこの16日間の入院期間中によくおしゃべりできるようになっていたことに、妻は驚いていた。

◎家族写真

［4月30日］**指先しびれほんの少し、せきなし。左足ふくらはぎはってる。**
［5月1日］**指先しびれほんの少し、せきなし。左足ふくらはぎはってる。仕事に行く。**
［5月2日］**指先しびれほんの少し、せきなし。左足ふくらはぎはってる。2歳バースデーの写真撮影にスタジオオレンジへ。カメラ向けると固まっていたけど、段々いい表情になってきた。出来上がりが楽しみ。**

ここのスタジオは好美ちゃんから紹介されたもので、人気店だったが運よく予約できた。子供の写真だけでなく、家族写真も撮ってもらった。

家族写真の表情は、皆すごく良かった。この写真（本の表紙にも入れてもらった）が最後の家族写真になることも、妻の遺影になることも、私はその時微塵も思わなかった。

◀心美の2歳の誕生日記念をスタジオにて

AIR POWER

スタジオで撮った心美

［5月3日］指先しびれほんの少し、せきなし。
大阪へ買い物に。なんばパークスで靴とルクルーゼの食器と御見舞のお返し買う

5月20日は妻の誕生日なので、その誕生日プレゼントとして靴を買った。少しかかとの上がった、品のあるゴールド色で、涼しそうなものだった。生前あまり履くことができず、結局棺の中に入れてあげることになってしまった。

［5月4日、5日］指先しびれ少し、せきなし。
［5月6日］写真データ50枚に絞り込みにオレンジへ　かわいいのいっぱいあった。

心美の誕生日記念に撮った写真データをスタジオオレンジまで見に行った。このお店では、撮ってもらった写真のデータを買うことができる。但し、枚数は50枚まで。気に入った写真を選択するのはなかなか骨の折れる作業だった。

◎進行？

［5月7日］**指先のしびれ有り、せきなし。附属病院に経過観察に11時通院、ワルファリン**（血栓塞栓症の治療および予防に使用する抗凝固剤の一つ）**が効かない、合わないので、プラザキサ**（ワルファリンよりも高い有効性を示し、また効きすぎによる出血リスクも低減している、主に心原性脳塞栓症の予防に用いる薬）**に変更。肝数値があがり、血小板数値が下がっていた。**

［5月8日］**指先のしびれ有り、せきなし。**

［5月9日］**指先のしびれ有り、せきなし。夕食準備中に気分が悪くなり附属病院に。貧血ではない。薬の副作用か？　食欲がない。気分が悪い。**

この日、私が会社から帰ると、妻が台所でへたりこんでいた。気分が悪いということで、一旦横にならせ、落ちつくのを待ち、附属病院に電話してすぐに行った。主治医は手術中で、しばらく待って代わりの医師に診てもらった。

肝機能数値が悪化、息苦しさも再発していた。抗癌剤を止めているので、癌性リンパ管症が進んできたのだろう。

附属病院では、画像からは肝転移ではないとのことだが、それが正しいなら肝機能数値の悪化は何らかの薬の影響しか考えられないのだろうか？

癌に関しては市民病院の管轄なので自分達は関係ないというスタンスなのか、それとも専門外だから実質わからないのか、どっちだったのだろう？

［5月10日］**指先のしびれ有り、せきなし。木村医師の予約だったが、緊急手術で診てもらえず、代わりの先生からの申し送りのみ。息切れもする。**

市民病院の主治医に連絡がとれず、附属病院に入院することになった。しかし、こちらでも循環器の主治医に診てもらえない。

運が悪いと嘆くしかないのだろうか。それとも、病状の急変で入院する場合は、これが日本の医療の常識なのだろうか。

［5月11日］**指先のしびれ有り、せきなし。息切れもする。**

せきが出ない状況が続いているが、息切れがするようになってきた。色々な薬を服用していたが、薬の副作用として息切れはどの薬にもあった。薬の副作用ならまだありがたい。しかし、癌性リンパ管症の進行によるものだとしたら、非常に厳しいものがあった。

◎免疫療法

［5月12日］**乾クリニックにてビタミンC点滴とマクロファージ用の採血（一夫）をする。息切れもする**

マクロファージ活性化療法のための採血を、本人のではなく私の血液からした。本人の血液はいい状態ではなかったので。マクロファージ活性化療法は保険適用にならない治療で当時80万円と高額だったが、何が何でも助けないといけないという思いで、やる決断をした。

金銭的に余裕があれば、病気が発覚した当初からやるのであるが、残念ながらそんなにゆとりのある家計ではない。これから先、どれだけの闘病生活が待っていて、どれだけお金がかかるのかもわからない。最悪は告別式の費用も残しておかないといけない。そう考えると、病気発覚当初には手を出さない決断をしていた。

病気が判った時には既にステージⅣだったので、完治するということは考え難い。そうなると、免疫治療でなんとかすることは出来ないかと考えて、それに関する情報を沢山集めて勉強した。樹状細胞療法（癌を攻撃する兵隊役のリンパ球に、癌の目印を教える「司令塔」のような役割をする樹状細胞を利用した治療法）や、活性リンパ球療法（患者の採血からリンパ球を取り出し、体外で活性化させて増殖した状態で体内に戻す療法）、コーリーワクチン（ワクチンによって高熱をおこし、その熱で癌を退縮・消失させる治療法）等、色々なものがあったが、どれも保険適用ではなく、高額で普通の所得の人が簡単に手を出せるものではなかった。これらの治療法にも保険適用ができるようになれば、あきらめなければならない命も救える確率が増えるのではないだろうか。

免疫治療は、手術、抗癌剤、放射線の三大癌治療と比較すると、知名度・認知度が低いかも知れない。しかし、癌治療を受ける患者や家族は、一度はそれを考えるのではないだろうか。ところが、大方は経済的な事情から、最初から三大治療と並行して免疫治療を受けられる患者は少なく、手の施しようがないという厳しい状況になって、藁をもつかむ思いで手をつけるという方がほとんどなのではないだろうか。

そういう背景があって、免疫治療をしたけども残念ながら亡くなってしまうという結果が多くなり、治療として認知されにくいというのが実情ではないだろうか。そんな疑問を抱く。

この日、附属病院でとった画像を乾医師に見せると、肝転移を示唆された。もし、それが正しいならば、肝機能数値が急激に悪くなっていることも説明がつく。4月27日のタイミングで抗癌剤が出来ていれば、肝転移を遅らせることが出来たのではないかと、悔まれてならなかった。

◎転げ落ちる坂

［5月13日］ 一夫タイヤ交換、散髪　心美自分のことを「ことみ」と言えるようになる。息切れもする。

［5月14日］ 市民病院に行ったら乳腺の予約のみで、呼吸器を無理言って受診させてもらう。血液検査で肝機能と血小板の数値が悪すぎ、抗癌剤出来ず。ホルモンの薬もやめることに。最悪だ、早くなんとかしないと。夜、また気分悪くなる。

4月6日以来、延び延びになっていた抗癌剤の投与が肝数値の関係で出来なかった。妻の悲鳴が記されていた。

また、今まで市民病院では乳腺と呼吸器科はセットだったのに、なぜ予約されていなかったのだろう。

［5月15日］ 呼吸器で変えた薬のせいか、副作用が落ち着いたのか、食欲不振とムカツキは改善。気分もそう悪くない。息切れはある。

［5月16日］ 附属病院受診。肝機能数値、血小板数値がまだ悪い。4月6日に、市民病院で変えたガス

ター（消化性潰瘍治療薬）を中止してみることに。本当に何が原因なのやら。息切れもする。

肝機能数値が悪くなり、血小板数値が下がることは、そんなに原因究明が難しいものなのだろうか。肝機能数値の悪さは、薬の影響としてしか考えられないのだろうか？　肝機能数値の悪化で抗癌剤ができないなら、肝臓癌になった人は抗癌剤治療が出来ないのだろうか？　そんな疑問が浮かぶ。

この日、妻の髪の毛が生え始めて、抗癌剤の効き目が切れていることを物語っていた。原因究明に時間を費やしている間にも、癌細胞は着実に妻の体を蝕んでいっていた。

［5月17日］**息切れ。心美　気に入らないと「母さんあかん」という。**

［5月18日］**息切れ。**

夜中寝ている時、少しせきが出ていた。

［5月19日］**息切れ。一人で、乾癌免疫クリニックへ。ビタミンCの2回目の点滴と、マクロファージ活性化療法の1回目。**

何とか持ち直して欲しい。そんな思いで必死だった。

◎バースデイ

［5月20日］息切れ、気分すぐれず。難波の「ざうお」に食事に行く。たいとあじを釣って刺身とたたきで食べる。おいしかった。

妻の体調が芳しくないことは判っていた。しかし、この日は妻の誕生日で、何かイベント的なことをしたいと思った。そんな気分にはなれないということは判っていながら、私は妻に、今まで行ったことのない難波の釣り堀居酒屋に行こうと言った。妻は時折しんどそうだったが、行ってくれた。心美と一緒なので、もちろん昼食に。

個室に案内してもらい、その部屋から釣竿を垂らした。運よく鯛が釣れ、刺身にしてもらった。他のメニューもいくつか頼んだが、どれもボリュームが凄かった。

水槽は分けられているが、他のもの、アジや伊勢エビ、ヒラメも釣れるので、食べきれるボリュームを考えてアジを釣りに行った。鯛以外は、釣るというよりは引っかけるタイプのものだった。なかなかコツがつかめず苦戦したが、なんとか引っかかってくれた。

妻の誕生日祝いを釣り堀居酒屋にて

私が釣りに行っていたところ、妻が心美を抱っこして見に来ようとしていた。釣っている様子を心美が見たいと言ったからだ。抱っこして歩いてくる姿は、だいぶ息苦しそうだった。じっとしていて欲しいと思った。しかし、妻は、心美に今出来る精一杯のことをしたかったのかも知れない。

アジはたたきにして食べた。美味しかった。心美も美味しそうに刺身を食べていた。息苦しさから、自由が狭められている中で、生前最後となった妻の43歳の誕生日を、家族で楽しく過ごすことが出来た。

◎お手上げ状態

［5月21日］**息切れ、朝気分が悪くなり、少し休んで会社へ。午後はましになる。**

［5月22日］**息切れ、気分がすぐれず、たまにふらっとする。**

［5月23日］**息切れ、気分がすぐれない、たまにふらっとする。附属病院受診、肝数値、血小板の数値が変わらず木村医師お手上げ状態。市民病院と附属病院のどちらで診るかの調整。小西医師からＴＥＬ有り、附属病院の乳腺を紹介するとの事。**

今まで治療に通っていた市民病院が、なぜ投げ出すのかわからない。せきが時折出るようになってきた。

［5月24日］**息切れ、気分すぐれない、たまにふらっとする。斎藤医師から電話が入り、附属病院受入出来ないとの事で、市民病院で診ますとの事。循環器内科についてはまだ調整つかず。28日斎藤先生診察。**

5月24日の妻からもらったメールにはこう記されていた。

斎藤先生から電話あり、附属病院の乳腺は受入れ拒否だそう。で、附属病院と市民病院の循環器内科同士で血栓をどっちでみるか再度調整して、市民病院が受け入れるなら乳腺としても連携して治療にあたります。とのこと。だから市民病院の循環器が受けてくれたらいいんだけど。転移の確率も0ではないが、薬が原因でしょう。来れれば一度診察に来てくださいとのことなので、月曜日に行くことにした。優しかったで。

乳腺は今まで診ていたのだから市民病院が診るのが当然だと思うが……。循環器内科については、まだ調整つかず。28日に斎藤医師の診察となった。

市民病院側の言い分は、附属病院で入院した時の薬の影響で肝機能数値が悪くなったのだから、そっちでその原因を究明してから患者を戻せ。それが出来なければ、自分のところの乳腺科で受け入れろ、という感じだった。

［5月25日］ **息切れ、気分すぐれない、たまにふらっとする。**

◎保育参観

［5月26日］ **息切れ、気分すぐれない、たまにふらっとする。保育参観。乾癌免疫クリニック　ビタミンC3回目、マクロファージ2回目。附属病院→市民病院の循環器への紹介状を受けとる。**

月曜日診察することに。

この日、保育参観で、私達は夫婦一緒に保育園に来ていた。私は、このままじゃこれが最後になるかもしれないと思いながら参観の様子をビデオに収めていた。妻の姿を撮っていたところ、なんで私を撮るのと聞かれて、とっさに答えることができなかった。

それから参観の麗しい時間の中、市民病院から連絡が入った。附属病院から市民病院の循環器内科へ紹介状を書いてもらうよう頼んでおくので、受け取るようにという指示だった。

5月28日月曜日、市民病院の斎藤医師の診察を受けることに決まった。

肝機能数値の上昇と、血小板の減少。原因が判らず、どちらも手をこまねいている状態だった。私には、どちらの病院で継続治療するかの逃れあいとしか感じられなかった。

［5月27日］ **息切れ、気分すぐれない、たまにふらっとする。心美の写真出来上がり取りに行く。イオンで現像。翔太郎のプレゼント買う。**

スタジオで撮ってもらった心美の写真が出来上がり、取りにいった。郡山イオンですぐに現像した。好美ちゃんの息子、翔太郎の誕生日プレゼントも買いに行った。

［5月28日］ **市民病院の循環器内科を受診、主治医の龍田医師はとてもいい先生で、血液検査の結果がよくない事を小西医師に掛け合い、即入院する事になった。血小板26000。酸素付ける。**

受診前に、心美は、母とまた会えなくなることを悟ったかのように、妻が病院へ行く用意をする時に泣いて泣いて離れなかった。

仕事中に市民病院の小西医師から私あてに電話が入った。妻が入院することになったこと、ついては説明したいことがあるので、病院に来て欲しいとのことだった。

入院することは、既に妻から連絡が入っていた。妻は、今まで苦しかったのに入院できず、やっと入院することが出来たと少し安堵感をもったようだった。

◎余命宣告

小西医師からの呼び出しは、それまでにも数回あった。しかし、今回はそれまでと違う、何か特別なものがあることを感じていた。

夕方17時頃、病院へ着き、妻の病状について説明を受けた。肝機能の数値が上がり、血小板が減少している原因は、薬の影響かＤＩＣ（播種性血管内凝固症候群）ということだった。

播種性血管内凝固症候群？　初めて聞く病名だった。その病気がどういうものか説明を聞いても、その時は、なんとなくの理解だった。しかし、次の説明には魂を奪われた感じがした。

「薬の影響で肝数値が悪くなっているならまだいい。しかし、ＤＩＣなら、余命は週単位です。いつ何が起こってもおかしくない。体のどこかで出血が起きたら、血小板が減少しているので血が止まらない。例えば、脳で出血したら、それが致命傷になる……」

週単位？　信じられなかった。私の父は13年前に肺癌で他界したが、その時の病気の進行速度とは比較にならないぐらい早い。妻は、自分で自分のことはなんとかできている状況で、食事もちゃんととれているし、自分で車を運転して病院まで来ている。こんな状況から、一週間先はどうなるかわからないということを言われても、ピンとくるはずがない。

何らかの薬の影響で肝機能の数値が悪くなっているのか、ＤＩＣなのか、どちらの確率が高いかと小西医師に確認したところ、「半分半分の確率」とのことだった。しかし私には、ＤＩＣという極めて予後不良な状況をここで確定させるのは厳しいと考えての、最大限譲歩した「半分半分」で、本当は確定しているように感じられた。

あと少しで、妻と永遠の御別れをしなければならないかもしれない、心美の母親を失うことになるかもしれないと思うと、目頭が熱くなった。

しばらくして、妻の病室へ行った。ついさっき、あのような説明を受けた後で、普通の顔で妻の前に立たなくてはならないのは、私には至難の業だった。

妻は横たわって天井を眺めていた。

いつも心美のために頑張ると言っている妻に、あと一週間先もわからないなんて告げることは、生きる気力を奪うことになる。口が裂けても言えなかった。

人によっては、余命は本人に伝えた方がいいと考える人がいる。しかし、妻の一番近くにいる私は、総合的に判断して言わないという選択肢をした。今でも、それは間違ってなかったと思う。

主治医からどんな説明があったのか妻に聞かれたが、ＤＩＣの危険性については触れなかった。その場をなんとかしのいだつもりだったが、今まで私の全てをお見通しだった妻にはわかっていたと思う。

20時までの面会時間はあっという間に過ぎた。名残惜しく病室を後にして、入院に必要なものを取りに帰った。
家に帰る車の中で、私は大声で泣いた。妻の前では涙を見せられない。一人になれて、誰気兼ねなく涙できるのは、車の中しかなかった。

◎ＤＩＣ確定

［５月29日］**ヘパリン点滴開始、血小板製剤輸血、血小板２６０００。**
［５月30日］**さあちゃんくる　大河原家来てくれる　血小板７６０００。**

妻の妹が東京から見舞いに来てくれた。私の姉夫婦の大河原家も来てくれた。
血小板７６０００まで回復。このまま上向いてくるかと思いきや、翌日には４６０００。また減っていた。この血小板が低い状態での抗癌剤投与はできないとのことで、癌の治療は前と変わらず何も出来ていなかった。

［５月31日］**血小板４６０００。**
［６月１日］**さあちゃん帰る。理恵子さん来てくれる。好美ちゃん来てくれる。翔くんのプレゼント渡す。**

妻の妹が帰った。私の姉が来る。好美ちゃんも来てくれ、妻は翔太郎君への誕生日プレゼントを渡していた。
好美ちゃんには事前に現状を話していたが、お見舞いの時には妻をいつもどおり馬鹿笑いさせてくれた。病院の帰りには好美ちゃんもつらかっただろうと思う。

肝機能を改善する注射を打ったが、効果がなかった。この日、小西医師からDIC確定と告知された。最初にDICの可能性と聞いてから、毎日毎日DICについて調べたが、いいことはひとつもなかった。癌性リンパ管症の時もいいことは全くなかったが、今回も追い込まれていることを認めざるを得なかった。

この状態では抗癌剤が出来ない、即ち、癌が進んで命を取られるのを待つしかないことを意味していた。

DICが起きているということは、肝臓から血液を凝固させる物質を出している可能性がある。そうならば、その基礎因子である癌をなんとかすれば、この状況から脱出できる可能性もある。しかし、血小板が足りない状態での抗癌剤投与は出来ない。敵がそこにいることは判っていながら、手を出せないで、じっと耐えるしかない状況だった。

血小板製剤を輸血し、血小板が少し上がった状態で抗癌剤投与をすることを、主治医に申し出た。上と相談すると引き取られたが、あとで結果はノーと告げられた。

4月27日に、当初からの予定通りに市民病院で抗癌剤投与が出来ていれば、今のような状況にならなかったのではないか。あるいは、附属病院で抗癌剤が出来ていれば、あるいは、4月29日の附属病院退院の日に市民病院で抗癌剤ができていれば、あるいは、あるいは……。悔んでも悔みきれない状況だった。

妻の場合、癌で今一番問題なのは癌性リンパ管症の状態だった、極めて進行が早く、呼吸困難が激しく、最後はモルヒネで意識を遠のかせて、苦しさを緩和しなければならない。つまり、窒息死するということだ。

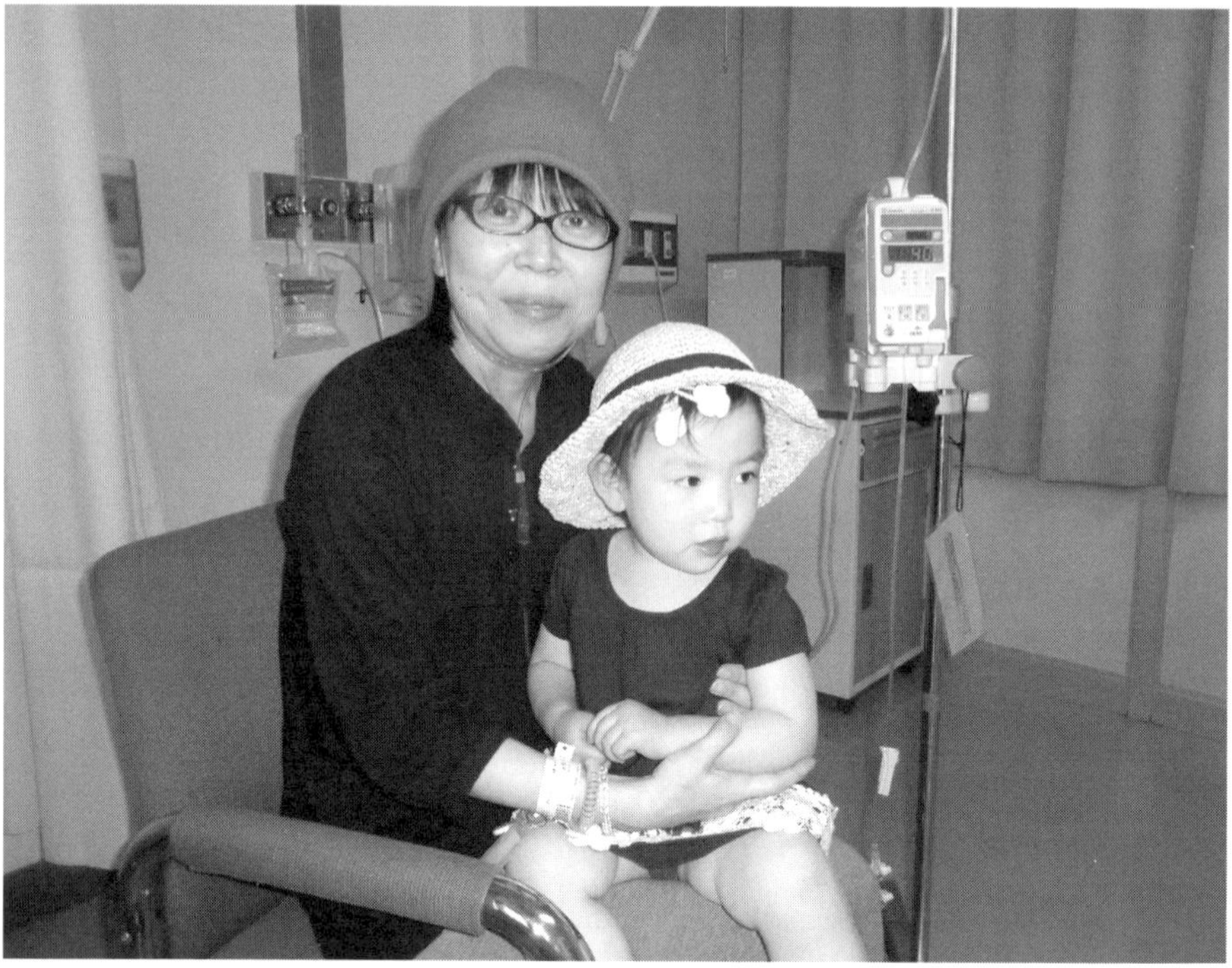

心美を連れてのお見舞い時、母さんの膝上で

この日でもベッドでじっとしている時はさほど苦しそうにはしていなかったが、トイレに行く時、少し歩いただけでかなり苦しがり、酸欠で顔が真っ青になっていた。私は、何の助けにもなれない自分が無力に感じられて仕方なかった。

［6月2日］ヘパリンからFOYに薬が変更。

この日、心美を病院に連れて行き、病室とは違う場所で妻に会わせてもらった。点滴の管が刺さって酸素マスクをした母親に心美は戸惑うものの、膝の上に座って、大人しくしていた。

妻の手帳は、この日を最後に記録されていない。心美が来たことも書かれていない。もう、ペンさえも持つ気力もないほどに体が衰弱していたのだろう。

翌日、私は妻の状態を上司に報告し、病院

から一番近い事業所に出勤させてもらうことで了承を得た。

◎退院勧告

6月4日、小西医師からまた話があった。病院にいても何もすることができないので、妻を自宅に連れて帰れるかどうかという話だった。「子供さんもまだ小さく、入院していて子供さんとの時間を制限されるよりは、自宅に帰って子供さんとの時間を増やしてはどうか」という提案だった。

体裁はよく聞こえるが、病院の責任放棄にも感じた。妻にどう話すか、納得してくれる理由を見つけるのは困難だった。

病院にいる間に何か事が起こった場合、「蘇生はどこまでされますか？心臓マッサージはしますか？人工呼吸器を付けますか？」という話もされた。

もし、病院で何か起こった場合、意識がなくなっても、息があるうちに間に合いたいと申し出、私が到着するまでの蘇生はお願いした。

この日、小西医師に申し出て、それまで続けていたFOY（血栓を溶かす薬）を、私が調べたフサン（出血症状が顕著なDICの場合に有効という薬）に変えてもらった。もの凄く効いた人がいて、一晩で内出血の跡が消えていた（ある部位の癌でDICを合併していた重度出血症状の患者が、治療翌日には出血が引いていた）という前例があったようなので。もしかしたらという淡い期待から、それまで継続していたFOYを、小西医師に申し出て変更してもらった。

6月6日。自宅へ帰る決断をし、その準備を始めた。妻はフサンが合わないのか、しんどさが増していた。

6月7日。フサンからFOYに戻した。

6月8日。小西医師、看護師、地域支援センターの係の方から、退院についての説明を受けた。この日は妻の弟も同席した。

地域の訪問介護クリニックに移されること、介護保険を使ってのベッドのレンタルや酸素吸入のこと、そして医学的にはもうどうしようもないという話の内容だった。

「最後の時は、救急車を呼ばないで下さい。何も事情を知らない救急隊員が家に押し入って、心臓マッサージ等をすることがあったら、本人の体を傷めるだけなんです。蘇生はせず、最後はそっと抱きしめてあげて下さい」

乳癌専門の看護師の言葉を、私は歯を食いしばって聞いた。今まで必死で取り組んできた治療の過程が、妻との生活が、心美との楽しい時間が、一瞬にしてフラッシュバックとなり、私の中を駆け抜けていった。頬には熱いものが伝っていた。

結局、自分は妻を助けることができないという悔しさと、不甲斐なさと、無力さを痛感した。現実にまじまじと聞く厳しい状況に、弟の目も赤くなっていた。

その、どうしようもないやるせなさと、絶望感に満ちた空間を後にして、二人で病室へ戻ろうとした。しかし、二人とも目が普通じゃなかったので、このままではどんな話があったのか、妻にわかってしまう。

弟と私はいったん談話室に行き、今受けた説明の整理と、心の整理を行った。しかし、後者の方は整理がつくはずはなかった。涙は抑えては溢れ、抑えては溢れを繰り返し、二人は中々妻の病室へ戻れなかった。残された時間の1分1秒でも妻と一緒にいたいのに。

しばらくして、病室へ戻った。どんな話があったか妻に聞かれた。退院した後の、家での訪問看護体制のことについて詳しく説明があったと答えた。妻は、この状態でなぜ病院から出されるのか、納得できていない様子だった。

しかし、私は、妻を連れて帰る説得方法としてこれしかないというものを持っていた。免疫治療だ。通い始めてすぐに入院になってしまって、滞っていた免疫治療に通うことだ。

「今ここにいても何もしてくれない。癌治療は何も進んでいない。だったらここを退院して、免疫治療に通おう」

助かるために、生きるために必死で頑張っている妻は、その言葉を聞いて、退院に前向きになってくれた。いや、私の苦し紛れの言い訳に、合わせるしかないと思ってくれたのかも知れない。

もちろん、私も免疫治療でこの状況が改善されると思う程、楽観的ではなかった。しかし、ここで何もしないまま死を待つより、何か事をおこして、結果だめだった方が納得いくはずだと思った。それに、厳しい状態になってからの妻は、医師よりも私を頼っている、信頼しているところがあり、私が何とかしてくれると思っているのを感じていた。

主治医は短期間で3人も代わり、腫瘍マーカーが200を超えても、CT・MRIで転移の確証が持てず、抗癌剤の投与が遅れた。それが原因かはわからないが、癌性リンパ管症になってしまった。咳が随分前から出ていることを申し出ていたのに。

血栓で他の病院に入院することになり、抗癌剤の投与が延期となり、退院しても「予約がいっぱいです」という対応でDICを引き起こした。

癌性リンパ管症になっていたから、先は見えていたかも知れない。しかし、ＤＩＣを引き起こしたことで余命が短くなったことは明らかだった。幼い子供にとって、母親との時間がどれだけ大事なものか……。できるだけ長く、一緒にいてあげられたに越したことはない。

こんな他人事の対応でいいのか。いいわけがない。自分の身内だったら、抗癌剤の予約がいっぱいだからといって癌性リンパ管症の患者を放っておくだろうか。

自分達の手に負えなくなって、揚句の果てに、医学的にはどうしようもない、子供との時間を増やした方がいいから退院しろ、だと。こんな医師や病院を、どう信用しろというのだ。

乳癌患者は、他の癌よりも生存確率が高い。しかも、近年乳癌患者は増える傾向にあり、病院側が激務になっていることは理解できる。しかし、そのことが経験の浅い医師に判断を任せっ切りにしていたり、患者にベストと思われる治療ができなくてもいい理由には、どう考えてもならない。

かかった病院が悪かったのか、当たった医師が悪かったのか。しかし、そんなことは、治療を受けてみないと患者にはわからない。病気発覚時点で骨転移という遠隔転移のあるステージⅣの状態で、ベストな病院を探して病院めぐりをし、その度に各病院で検査を繰り返す暇があったら、さっさと治療を始めた方がいい。

第6章　在宅医療での看取り

◎現代医療が抱える問題

そもそも、病院によって、医師によって、医療知識や技術に差があり、どこでも同じレベルの標準的な治療が受けられないことが問題である。過疎の地域等で満足な設備もなく、何か事がある度に離れた都会に治療を受けに行かなければならないのも問題だが、ある程度の都市で患者側が病院や医師をいちいち選択しなければならない現状は、なんとかならないものだろうか。

医療側でも一応学会等を開催して技術の水平展開を試みてはいるのだろうが、それがどれだけの効果を示しているのだろうか。

妻の場合、標準治療とされている治療をせず、その時の医師の判断で抗癌剤を中断、1年で再発した。抗癌剤を投与した場合と投与しなかった場合の治療を同時並行で試している訳ではないので、どちらがどうであったという証明は不可能だろう。仮に、医師や病院を訴えたとしても、その過失を証明することが難しいのだとしたら、今までのエビデンスの積み重ねで確立された標準治療とは何なのだろうか。

悪く言えば、抗癌剤を投与しなかった患者はこうなるという症例研究に利用されたのかもしれないと思ってしまう。

症例研究も確かに必要なのかもしれないが、なぜ、幼子のいる妻だったのか、理解できない。自分の身内の事だからと感情的になって、医師や病院を訴えて自己満足するのは簡単だ。しかし、今回の妻のような例は、そんな狭いところでの問題ではなく、根底には医師不足と、一つの病気は同じ病院でしか治療することができないという健康保険制度の制度設計の欠陥から生じた問題なのである。

患者側が訴えばかりをおこし、医療の萎縮が起きるのも問題である。もう、そうなっているから、最期を看取る病院になるのを避けられたのかもしれないが。しかし、このままだと、私達と同じように悔しく悲しい思いをする家族が出てくることは、避けられないだろう。これらの現代医療が抱える問題に、この国はどう対処していくべきなのか。今、私達は真摯に向き合い、考えていかなければならない。

妻は常に周りの人のことを考え、自分のことは二の次だった。恐らく、自分の命と引き換えに、これから自分や自分の家族のような目にあう人がなくなることを訴えているのだと思う。

◎納得などしていない

6月9日、在宅での訪問医療をお願いする津村メディカルセンターを市民病院からの紹介状を持って訪問し、これからのことについて話し合った。妻の弟も同席した。

メディカルセンターの日下医師は、DICの状態の患者を自宅で診るという経験がなかった。DICの患者は、血液凝固を防ぐ点滴をしながら入院生活を送るのが普通だということだった。

やはり、市民病院の死亡率を低下させるための逃げなのかと思った。助かる見込みのない患者は、外に出す。そうすれば病院での死亡カウントにならないなら、これから重篤の患者をどんどん外に出す病院が増えるだろう。どんなカウント方式になっているのか知らないが、今の時点ではそんなことはどうでもいい。妻が残された命を、出来るだけ安らかに過ごせる環境を整えることが最優先なんだと思った。日下医師から、「ご本人は自宅へ戻ることを納得されているのですか」と確認された。それは、ただ自宅へ戻るということでなく、死を受け入れ、最期を迎える場として納得しているのか、という意味だった。

妻には、もう長くないから家に帰ろうとか、余命については一切話していなかった。人一倍怖がりなうえ、「心美とあんたを残して逝けない」と、信じられないくらい前向きに頑張ってくれている妻に、そんなことは口が裂けても言えなかったし、気力を支える面でも得策とは思えなかった。私が言わなくとも、そんなことはお見通しの賢い妻なので。

だから、日下医師には、「納得はしておりません。病院では何もできないと言われ、退院するよう促され、仕方なしに連れて帰っているのです」と答えた。

DICの患者は受けたことがない、家に帰ることは納得しているかと聞かれ、半ば受け入れたくはないのかと感じた。「2歳の子供を残して、死を納得する人などいますか?」と、喉まで出かかったが、角がたつといけないのでそのフレーズは飲みこんだ。こんな状況になってしまったやり場のない怒りといら立ちが、自分の中で蠢いているのを感じた。

◎看護師達の涙

6月10日、特に大きな変化はない。

6月11日、ベッドと酸素、車椅子の搬入が自宅に行われた。ご近所の方には悟られないよう暗くなってからの時間にしてもらったが、ターミナルケアに関わってきてた方々だけに配慮は行き届いていた。

ベッドの使い方、酸素の使い方、外出用酸素のオーダーの仕方等々、気持ちに余裕がなくなり性能が著しく低下している頭に、短時間でいろいろ詰め込んだ。

もし、車に自宅用の酸素の機械を積み込むことができたら、妻を一度実家に帰らせてあげることができるかも知れない。また、もう一度家族旅行にチャレンジしてみることも考えて、酸素の業者の方にはいろいろ確認した。実際に出来る体の状態かは、その時の判断とするしかなかったが。

市民病院ではその頃、翌日の退院へ向けて、妻に関わった看護師達が入れ替わり立ち替わり挨拶に訪れていた。全員が涙していたそうだ。

看護師達の涙は、何を意味していたのだろうか。人の生き死にに日常的に関わっている看護師達が、一患者にそれほどまでに感情移入をするものだろうか？　しかも全員。

考えすぎかもしれないが、経験の浅い医師と、それを育てるべき人達の態勢の悪さによって、救うことができない命に対する申し訳なさからくるものなのかと、私は感じた。彼女達に病院の身内を悪く言えるはずもないので。

◎帰　宅

6月12日。退院の日を迎えた。病院に迎えに行き、退院手続きを済ませた。その時間にいた看護師と最後のお別れをした。

妻は明るく振舞っていた。少しでも歩くと苦しいはずなのに、車椅子はまだいいと、自分で歩きたいようだった。自分で出来ることを確認し、病気の進行を確かめるかのように。しかし、看護師長さんに促され、車椅子で駐車場へ向かった。

外は小雨が降っていた。荷物を詰め込み、本人が一番楽な体勢にして、車を出発させた。帰る途中、勤めている会社の社長に挨拶に寄るかと聞くと、「今日はいい」とのことだった。私は、今日しかないんだということは言えなかった。

ルームミラー越しに妻の様子を伺うと、目を閉じていた。移動用の酸素をしているものの少し苦しそうに見えた。

居室用は、ずっと酸素が出るようになっているが、移動用は吸った時にしか出てこないので、ワンテンポずれるからなのかもしれない。常時出ているようにもできるが、そうするともち時間が全然違ってくる。

いつもよりスピードを落とし、できるだけ揺れないように車を走らせた。30分程で家に到着した。家に入るには階段がある。健康な人間にはなんでもない数段だが、妻の状態からは苦しくなるのは目に見えていた。

私は階段の上り口に車を横付けして、妻が歩く距離を出来るだけ短くした。それから周りに人がいないタイミングを見計らって階段を上り、玄関に入った。

家では心美が出迎えてくれたが、今までの元気な母親とは様子が違うので、少し戸惑っているようだった。

一階の居間で、移動用の酸素から居室用の酸素に切り替え、楽な格好に着替えてからレンタルした医療用のベッドに座らせた。

心美が妻の横にちょこんと座った。妻の太ももに手をおいて顔をじっと見つめる姿は、「母さん大丈夫？」とたずねているかのようだった。妻は笑顔で、「留守してごめんね」と心美に話しかけて、抱きよせていた。

妻は苦しいのは承知で二階に上がった。それから久しぶりの我が家を堪能するかのように家のベッドに横たわっていた。20メートルの酸素の管も、届くということが確認できた。

しばらくして一階におり、訪問介護の津村メディカルセンターの日下院長の到着を待った。13時半頃、家のチャイムがなった。予定通りだった。

日下医師を妻の元に案内すると、妻はベッドから起き上がろうとした。日下医師は、「そのまま寝ていて下さい」と、妻に楽な姿勢でいるよう指示した。

器具を指に挟んでサチュレーション（酸素飽和度）を測り、血圧も測定した。サチュレーションは95あれば正常とのことだったが、この時はそれをクリア出来ていた。じっとしていれば、そんなに苦しむレベルではなかった。

自分で今どの程度のことができるかの確認があったが、難しい話は一切なく、診察は終了した。妻にはだんだんできることが少なくなり、心美はだんだん自分で出来ることが増えていった。

日下医師を外まで送りに行き、妻の前ではできない話をした。実際のところ、どう感じたのかと。DICという症状や紹介状の内容から日下医師が想像していたものとは全然違っていたようで、「思っていたよりも元気でした」と言われた。私は、その日下医師の感触に、あと1ヶ月でも2ヶ月でも頑張ってくれれば、という淡い期待を抱いた。

1時間程して、今度はメディカルセンターのケアマネージャーの矢野さんが来られた。顔合わせと様子伺い、訪問介護の契約書の締結の話だったので、そんなに長くはかからなかった。

しばらくゆっくりとした時間が流れた。しかし、17時頃、妻は鼻血を出した。何もしなくても出血してしまう。これがＤＩＣの恐ろしさだ。1時間程してから、また鼻血が出た。10分程で止まったが、これが、脳や臓器でおこったらと思うと恐ろしかった。

6月13日。この日は訪問看護師の坂田さんが来てくれた。私は仕事に行っており、どんな人か顔合わせすることが出来なかった。

仕事から帰って妻にたずねると、「感じのいい看護師さん」とのこと。年は「50歳ぐらい」と答えた。今の生活についていろいろ指導を頂いたようだった。二階に上ったら足腰がきつかったという話をしたら、「すぐには動きまわらずに、ゆっくりしなさい」と言われたそうだ。

この日は好美ちゃんも家に妻を訪ねて来てくれたが、二人が生前に会った最後の日となってしまった。

◎親身になる

6月14日。免疫治療の乾医師のクリニックを受診した。ビタミンＣの点滴と、マクロファージの注射を打った。点滴をするのに、血管を探すのが一苦労だった。瞼や腕等に出血の跡がいくつも残っており、ＤＩＣの症状を物語っていた。

乾医師の御好意で、舞茸エキスの錠剤を頂いた。サプリなので、今飲んでいる薬と併用しても問題がないとのことだった。

この日は、乾医師に相談したいことがあった。守口市のクリニックまで、奈良の自宅から車で約1時間かかる。これから先、妻の状態がどれだけもつかわからないが、負担になる移動はできるだけ避けたかった。今受けている治療を訪問介護の津村メディカルセンターに託すことができるなら、移動の負担を軽減できる上、心美との時間が増やせるというメリットがあった。

乾医師としては、自分は構わないが訪問側で受けてくれれば、という答えだった。後日確認しますとのことでこの件は終わった。

それにしても、乾医師と話しているとすごく安心感がある。それは妻も同じらしく、医師の中で一番頼っているようだった。何がそうさせるのか。それはやはり、親身になるということが体に染みついているからのように思えた。初診の時に妻が、「先生お願いします」と懇願していたことを思い出した。

6月15日。特に大きな変化は感じなかったが、せきは徐々に増えているようだった。

6月16日。乾癌免疫クリニックへ通院、ビタミンC25gとマクロファージ活性化療法の注射をした。移動にはやはり気を使う。できるだけ衝撃を和らげるためにスピードを落とし、ルームミラーで後ろの座席の様子を伺いながら会話をしていた。

行き帰り、妻は外の景色を眺めるよりも目を閉じていることの方が多かった。元気だった頃とはやはり様子が違う。

この日は朝から、体がだるいと言っていた。やはり、肝機能の数値があり得ない値まで上っていることが原因だと思ったが、夕方には少しましになっていた。

食はだんだんと細くなってきていた。退院する少し前から、眠れない状況が色濃くなり、睡眠薬をもらって服用していた。

なぜ、眠れないのか。ある病院のホームページに、自宅で癌患者を看取る時の心得のようなものが公開されていた。きちんと要点がまとめられていて、非常に参考になった。今、自分達がどの過程にいて、この後、どうなっていくかがしっかり理解できた。

癌が進んでくると不眠の症状が出てくることも記載されていて、今思えば思い当たる節がいくつかあった。

朝、私が妻より先に起きて調べ物等をしていて、たまに妻の様子を伺うと目をあけていることがあった。「寝れない」と言うので、「寝ないと体力が奪われるから寝よ」と言ったが、病気の進行の過程でそうならざるを得なかったようだ。それは急激に腫瘍マーカーが上昇しだした時期と重なっており、医院のホームページの記載の通りだったのだなと思う。

6月17日。体のだるさがひどい。息苦しさも増してきている。誰が見ても、癌性リンパ管症と肝臓への転移が悪化してきていることがわかる。

マクロファージ活性化療法にも、本当は毎日でも通いたい。しかし、私の仕事の都合をつけるのが難しいし、移動による妻の体力の消耗を考えると、週3回のペースがギリギリだった。

6月18日。日下医師の訪問があった。妻は現行服用している睡眠薬でも眠れないことが多くなってきていたので、違う薬をもらった。体のだるさは幾分ましなようだったが、息苦しさが増していた。

退院してから、二階のベッドで一緒に寝ることを考えたこともあったが、それはしょせん無理な話だった。退院1日目は苦しいながらもまだ自由が効いたが、呼吸困難が進んで、歩かせるのは出来るだけ少なくしたかった。階段の上り下りなんて有り得なかった。

リビングのソファーを定位置からずらし、あいたスペースに妻の介護ベッドを据えた。そして、その横に床に直接布団を敷いて、私と心美と川の字で寝ていた。

6月19日。乾癌免疫クリニックに行き、ビタミンC25gとマクロファージ活性化療法の注射をした。この日は私の都合がつかず、私の姉に連れて行ってもらった。

妻は息苦しさが増し、せきも増えていたが、だるさはましなようだった。

6月20日。看護師さんの訪問があった。後から知ったことだが、妻はこの坂田看護師に、普段は面と向かって言えない、義母への感謝の気持ちを話していたという。

◎異　変

6月21日。乾癌免疫クリニックで、ビタミンC25gとマクロファージ活性化療法の注射をした。ビタミンCの点滴中に、乾医師に呼ばれた。注射針を刺しても、その中で血液が固まってしまうという。DICが進んでいることを示唆された。

しばらくして、妻に異変が起きた。点滴中に息苦しさが著しく酷くなってきたのだ。酸素の量を上げてもその苦しさは変わらず、「看護師さん呼ぼうか」という私の問いかけに、やっとうなずく。ふだん辛抱強い妻が、余程苦しいのだと思った。

すぐに看護師さんと乾医師が駆けてきて、聴診器をあてたりサチュレーション（酸素飽和度）を測ったりした。肺にはざっと水がまわった音はしていない。サチュレーションも致命的な状況ではない。しかし、苦しがり方が半端じゃない感じだった。

ビタミンCの点滴を中断した。やはり、体への水分が増えると、肺に水がまわってしまうのが原因だろう。しばらくソファーで休ませてもらうことにし、目を閉じてじっとしていた。私は妻の手を握り、ただ安心させることしかできなかった。

どれぐらい時間が経っただろうか。状態が少しましになったところで帰ることにした。玄関まで車を横付けさせてもらい、歩く距離を極力少なくした。看護師さんに妻の体を支えるのを手伝ってもらい、ゆっくりゆっくり車まで移動した。

車に座らせて、酸素の量を上げた。吸った時だけでなく、ずっと出ているようにした。家に帰り着く前に渋滞にはまると酸素がもたない。その時は近くの病院に駆け込むか、救急車を呼ぶか、そんなことを考えながら車を走らせていた。いつも混まない道を選んで走っていたが、その時も無事に家にたどり着いた。

時間が経つに連れ、妻の息苦しさは収まっていった。

◎嘔　吐

6月22日、金曜日。いつもの人参とリンゴの生ジュースを作って飲ませた。それだけでお腹が膨れたのか、妻は朝食をとらずに横たわっていた。

これまでになく息苦しそうにしていたので、酸素を家にある機械の最高の毎分5リットルにまで上げたが苦しさは取れなかった。

この日は日下医師の訪問の日ではなかったが、思案してクリニックに電話を入れた。妻の苦しげな様子は今にもどうにかなりそうな感じで、待ち時間が途方もなく長く感じられた。

どれくらい待っただろうか、日下医師が来てくれた。すぐにサチュレーションを測ったが、そんなに苦しがる値ではないということだった。だとしたら、この苦しがりようはどういうことなのだろうか。

日下医師からは、全身状態が悪くなってきているので薬でコントロールするよう指示を受けていた。それでこの日は朝7時にモルヒネを飲ませていたのだが、素人判断でいつ投薬するべきかを決めるのは非常に難しかった。

日下医師からは、「緊急で往診を依頼する場合は、メディカルセンターに電話を入れるのをもっと早くにして欲しい」と言われた。電話を入れたのは9時前だったが、その日予定していた往診を全部キャンセルして来られたのだという。「もっと早く電話を」と言われても、呼ぶべきか呼ばないべきかは素人には判断に迷うところ。前日、免疫治療でも苦しがったことを報告すると、もう行かないように指示された。これで回復への頼みの綱が切れてしまった。

日下医師を見送りに出た時に、親戚に合わせるべき段階にきているかどうか相談した。「その方がいいかもしれない」とのことだった。

家に戻って、しばらく妻の様子を見守っていた。先程の話を思案していると、突然、妻がベッドに起き上がって、横にいた私の腕を叩きだした。妻は嘔吐を我慢して口を押さえていたが、溢れ出る勢いの方が強く、ゴミ箱で受けきるのが間に合わなかった。その吐瀉物の色が赤かったので、私はＤＩＣによる吐血と思って血の気が引いた。しかし、よくよく見ると、朝飲んだ人参ジュースだった。

前日の免疫治療の時の点滴、この日の朝の生ジュースを飲んでからの苦しがり方に共通するのは、水分の供給だった。癌性リンパ管症は水分を極力抑えなければならない。妻の苦しがり方は、肺に水がまわってしまったことによるものだと思った。

ここで食事療法の綱も切れた。つまり、妻の状態は、薬でできるだけ苦痛を和らげる緩和状態に入っていることを意味していた。

この嘔吐が、親戚に会わせる決断をする引き金になった。

◎あたし、そんなに悪いの？

14時40分、妻の状態が一段落し、眠りに就いた。まずは妹に電話し、それから母、弟へと連絡した。三親等以遠の親戚については妹に連絡を頼み、妻の側を出来るだけ離れないようにした。

その夜、来られるものから五月雨式に家に到着した。

夕方にモルヒネの貼薬をつけた。飲む方は嘔吐すると思って飲みたがらないので、貼る方にした。午前中の嘔吐が余程苦しかったのだろう。貼薬のおかげで、いい具合に意識が弱まっていった。

目が覚めると母、妹、弟に囲まれて、少しびっくりした感じだった。

食事には、朝・昼・晩という感覚はなくなり、食べられる時に何か口にするという状態に近くなってきていた。23時45分、眠りについた。

6月23日、土曜日。この日は、千葉からおじさんが来てくださった。妻の母の兄。往診の予定は入ってなかったが、前日のことがあったので10時40分に日下医師が来られた。

食事も量は普通よりは少ないけど、なんとか取れている。前日のことが嘘のように調子がいい。おじさんが来られたことに対し、「あたし、そんなに悪いの？」と、半ば冗談めかして言っていた。

20時50分、自分で入浴した。しかし、この日が介助なしに入浴できた最後の日となった。貼薬のモルヒネとは相性が良く、昼間はずっと寝ている状態で、コミュニケーションはとれないが本人的には楽な感じだった。

入浴の後、妹、弟と私とで飲んでいると、自分も加わりたそうな感じだった。ベッドに横たわったままだが、冗談も言っていた。親戚に声かけて会いに来てもらったのが、ほんとに呼んで良かったのかなと、申し訳ないと思えるくらいだった。

6月24日、日曜日。京都のおじさんとおばさんが来てくださった。近いこともあり、たまにお伺いさせて頂いていた方達だ。佳子の姿を見て、思わず涙をこぼしておられた。

14時、トイレに向かう途中で嘔吐した。昨晩食したシイタケがそのまま残っていて、消化機能がかなり弱っていると感じた。

妹と弟が後始末をしてくれた。2日前の急変がまだ記憶の新しいところにあった。

用を足し、また眠りについた。小刻みに目を覚まし、水分補給を少しずつした。弟は翌日の仕事があるので、一旦帰ることとした。帰り際、佳子に声をかけていたが、これが姉弟の最後の会話となった。

20時50分、夜の眠りに就いた。夜中に1時間おきぐらいに起き、トイレへと連れて行く。妻はもちろんのこと、私も睡眠がとれず体もかなりきつくなっていた。

◎少しでも口から

6月25日。10時、頭痛を訴えた。10時30分、往診に来られた日下医師に吐き気止めの追加と睡眠導入剤の追加をしてもらった。

この日は、福岡の親戚が来た。妻の父方の姉夫婦。妻は子供の頃に両親が離婚して、離れて暮らしている父親を毛嫌いしていた。有事の際も知らせるなという感じだったが、今回はそのまま本人の意向を汲むべきか迷うところだった。妻の妹・弟と相談した結果、妹から知らせることにした。

食事は極少量だが、朝食・昼食とも取れていた。相変わらず、寝たり起きたりが断続して、起きている時でも意識がはっきりしないことが多くなってきた。薬が強く効きすぎているのか、昏睡状態のような感じになっていた。

19時30分、急に息苦しいともがいた。メイラックス（抗不安作用の薬）を服用させると、すぐに落ち着いた。

20時30分、ほんのわずかだが、口から栄養をとれた。日下医師からは、口からものをとれなくなると一週間くらいしかもたないと聞いていたので、まだ少しでも口からとれていることが幸いに感じられた。DICの治療に欠かせないヘパリンの点滴は退院後していなかった。ならば食事で血をサラサラにと青魚を食べさせたり、肝臓にいい成分をもつ牡蠣を食べさせることを試みていた。

この日は、広島から取り寄せた牡蠣が届いていた。牡蠣をどうやって食べたいか聞くと、「バター炒め」と目を閉じたまま答えた。しかし、口にできたのは一口だけだった。食卓につくことはついたが、食べながら目を閉じて眠ってしまった。

22時50分、自分で洗面した。福岡の親戚は、近くのかんぽの宿に泊まり、また明日来るとのことだった。妻の母が4日前に来てずっと帰らずにいてくれたので、私は短時間でも会社に行くことが出来た。

6月26日。朝3時に苦しい様子。その苦しさは寝ている姿勢がきついことからのようなので、5時30分、ソファーに座らせた。

10時に看護師さんが訪問してくれた。苦しがっていたことを伝え、サチュレーションを測った。あまりよくなかった。尿が膀胱パンパンに溜まっていた。管を入れて尿を抜いてもらうと、サチュレーションが少し回復した。

やはり、体の水分が多くなると肺に水がまわって苦しくなるようだった。しかし、もう自分では尿意をあまり感じないレベルにまできていた。看護師さんからは、「入れ替わり立ち替わり人が来ると本人が疲れてしまうので、できるだけ少人数に絞って下さい」と言われた。

この日はだいぶ調子が悪く、苦しいようだった。私がシャワーを浴びている間にも苦しがり、ものは言えないけれど私を探す素振りを示したということで、妻の母が風呂場まで私を呼びに来た。私はタオルを巻いて飛び出した。

妻の元へ駆けよると、なんとか落ちついてくれた。私を頼りにしてくれているのか、側にいると不安が少しは和らぐようだった。逆に、私が苦しい時は、他の誰でもなく妻に側にいてもらいたいと思う。

14時に眠りに就いた。

朝から何も固形物を口にしていなかった。このままだと一週間もたない。液体で栄養のあるものは何か。カロリーメイトが頭に浮かんだ。ドラッグストアにすぐに買いに行った。この日はほとんど寝ていた。

6月27日。朝2時半、気がつくと酸素マスクが外れてもがいていた。なぜかパジャマまでも脱いでいた。もがいていたからなのか、暑かったからなのかわからない。

2時56分、お茶を飲ませた。「おいしい。ありがとう」と言ってくれた。

7時に洗面に行った。7時半、おかゆを三口だけ食べた。

10時半、看護師さんが来てくれた。体を拭いて、尿を抜いてくれた。サチュレーションは92。じっとしていれば、なんとか大丈夫な感じだった。

心美が近くで泣いていると、ほとんど意識がないにも関わらず、声にならない声であやそうとしている。母親の魂を感じた。

この日は熊本から、妻の父親が来ていた。前々から妻は知らせなくていいと言っていたが、やはり、そういうわけにいかなかった。私は何度か会っただけだったが、少し普通では考えられないような行動をとったりするところがあり、正直あまり関わりたくないと思っていた。

この日もベッドで寝ている妻に大声で話しかけていたので、私はたまらず、「寝ているので、そっとしておいて下さい」と言った。妻は、来たのかという感じで、ベッドで寝たまま少し反応していた。私は後を姉に任せて、会社に向かった。

13時半、妻に薬を飲ませた。野菜ジュースを少し飲んだら眠りに就いた。

21時15分、トイレに起きた。

21時25分、カロリーメイトを200cc飲んだ。この調子で飲んでくれたら、もう少し頑張れるかなと淡い期待を持った。「おいしい」と言ってくれて、うれしかった。

22時5分、カロリーメイト50cc、23時5分、75ccと少しずつ飲んでくれ、この調子で栄養をとって欲しいと期待を膨らませた。その後、中々寝付けない様子だった。

◎抱擁

6月28日、2時。妻の介護ベッドの上にあがり、少しの隙間に添い寝する感じで様子を見ていた。妻は、意識は少しあるが目を閉じている感じだった。

私は、妻を後ろから抱きしめながら、「またタヒチに行こうな」と言った。薄い意識の中、妻はうなずいてくれた。タヒチは結婚式と新婚旅行を兼ねて二人で行った思い出の場所だ。もちろん行けるはずがないことはわかっていた。私は妻と離れたくなかった。何度生まれ変わっても、妻と結婚したい。それほど愛している人が、もう二度と逢えない遠いところへ逝こうとしていた。

私と目が合った妻が、私に抱きつく素振りをみせた。妻も離れたくないと思ってくれているのだろうと、嬉しかった。

少し眠りについた。気が付くと、妻は酸素マスクを外していた。何度つけ直してあげても、気になるのか外してしまう。マスクなしでは酸素の吸入レベルが到底足りなくなる。マスクをしていても足りないくらいなのに。

私はイライラが抑えきれず、「言うこと聞いてくれ」と怒鳴ってしまった。モルヒネで意識が薄らぎ、無意識でやっているであろう妻に……。妻は私の顔を見て、「そんなに怒らないでよ」と、悲しそうな目で言った。

私は我に帰り、こんな状態の妻になんで怒鳴ったりしたのかと深く後悔した。その後、しばらく眠って朝を迎えた。

◎最後の一日

呼びかけにほとんど反応がない。完全にモルヒネが効いている状態になっているのか、反応できない状態に陥っているのかわからないが、いつもより反応は鈍い。この日は訪問の看護師さんが、いつもより遅い11時半に来てくれることになっていた。私は看護師さんが来られてから会社に行くか、その前に出ようか思案していたが、待つことにした。

看護師さんが到着して、サチュレーションを測った結果は79。極めて低い。いつもは、「中井さん、今から体拭くね」とか声をかけてもらうと、頷いたりしていたのだが、この日は反応しているのかどうかわからなかった。

それでも若干あるかなという感じで、処置の方を進めてもらった。管を入れて尿を抜き、便が出てなくて溜まっているのをかきだしてまでもらった。

処置を終えた看護師さんが妻の肩を叩いて呼びかけたが、全く反応がない。モルヒネの効いた状態では夢と現実の行き来という感じはあったが、この日は明らかにそれとは違っていた。

看護師さんに隣の部屋に呼ばれ、もう臨終の時が迫っていると言われた。その時が来てあわてなくていいよう、棺に入れる際の、本人が普段気に入って着ていた服、普段よく使っていたもの、遺影の写真をどれにするかを決めておくよう助言頂いた。迫りくる妻の肉体との永遠の別れを現実として、私の目からは熱いものが流れていた。

看護師さんから、家族に対する感謝の気持ちを妻がいつも口にしていたことを聞かされた。「たぶん、直接言えなかったから伝えてほしかったのだろうと思います」と言い添えられた。

余命のことは一切妻には言わなかったけど、妻は自分の最期が迫っていたことは感じ取っていたに違いない。しかし、心美のために絶対死ねないという気持ちから、頑張るとしか言えなかったのだろう。私も妻を助けようと必死で情報を集め、やるべきことはやってきたのかも知れない。その動きを見て、妻は弱音を吐くことができず、頑張るとしか言えなかったのかも知れない。妻の頑張る姿を見ると、余命を伝えて心を折ることは私には考えられなかった。それが良かったのかどうかは、人それぞれの考えだと思う。

看護師さんいわく、ある家族は死が迫ったことに覚悟を決め、随分前から納棺の際に中に入れるものの準備をし、遺体を前に皆でピースサインの記念写真を撮ったという。亡くなったのがどんな方だったのかわからないが。

看護師さんと話しているうちに、心美が私の所へ来て、「母さん母さん」と指をさして、妻の元に行くよう促した。看護師さんと居間に行き、妻に呼びかけるが反応がない。サチュレーションを測るが全く数値がとれない。何度やっても同じだった。血圧を計っても、数値が出ない。看護師さんは、私に側にいるよう言い残して次の訪問先へ向かわれた。

妻の妹は、先日の訪問から一旦東京へ戻ったものの、また会いにとこちらに向かっている途中だった。妻の母から、妹に急ぐよう連絡を入れてもらった。

妻に何度も呼びかけ、手を握り、体をさするが反応がない。目が少し開いてきて、ゼーゼーする呼吸音も出てきていた。その状況は、最期はどうなっていくのか、事前に読んだものそのままであり、即ち、妻の最期が目の前に迫っていることを示していた。

姉から、姉の家族へ緊急の連絡を入れた。妻の弟にも連絡を入れた。

心美を抱きかかえて妻のベッドの横にいさせようとしたが、いつもと様子の違う母親を怖がり、横にいようとしない。先ほど心美が私を呼びにきたのは、妻が側にいて欲しいと、心美の体を借りて呼びにきたのだろうか。

本人は意識がなく、苦しさは感じていないだろうと思うが、ゼーゼーという呼吸は、苦しそうに感じる。ずっと呼びかけるが、反応はないまま。佳子とのこの世での生活が、心美の母親としての佳子の生活が終わろうとしていた。今まであった楽しかったこと、悲しかったこと、心美が産まれたときのこと、闘病のことが、時系列で頭の中を回って来る。

佳子が一番気がかりなことは、心美の成長を見ることが出来ないことだと思うので、「心美は大丈夫だから、俺がなんとかするから心配しなくていいよ。助けてあげられなくてごめん。良く頑張った。後のことは気にしなくていいから、ゆっくり休んで。今までありがとう」と、何度も繰り返した。

いつの間にか、妹や姉、姪っ子、甥っ子達も揃い、皆で妻のベッドを囲んでいた。

私、心美、母、妹、義母、姉、姪、甥、身近な人に見守られる中、2012年6月28日、14時38分、妻は静かに最後の呼吸を終えた。

涙がとめどなくあふれる中、私は妻の遺体をぎゅっと抱きしめた。もう聞こえるはずのない妻に、何度も話しかけ、その頭をなでた。言葉では形容しきれない悲しみが襲い、いっときでも妻の側を離れたくないという思いはあるが、私にはやるべきことがあった。

まず、訪問介護センターに連絡を入れ、妻が亡くなったことを伝えた。すぐには来れないとのことで、その間に会社への連絡、葬儀屋への連絡、その他連絡すべきところへの手配を済ませた。

妻は、会社では非常に顔が広く、人気者だった。それで、お世話になった方々にお別れさせてあげたかったので、規定外ではあったが、全国に文書を出してもらうようお願いした。そうこうしているうちに日下医師が来られて、15時半、死亡確認をされた。

葬儀屋は夕方まで待たなければならなかったが、そこの祭壇が一番華やかだったので他は考えられなかった。13年前に父が亡くなった時、妻が先に亡くなった場合は、今までの妻への感謝の気持ちを込めて立派な祭壇にすることが多いと聞いていた。妻への強い思いから自然とそうするようになった。

夕方になり、会社の方、保育園の先生やママ友、親交の深かった好美ちゃんと翔太郎、近所の方々がお悔やみに来て下さった。保育園のママ友の一人が美容師をされており、闘病で疲れ切った妻の顔に綺麗に化粧をしてくれた。ＤＩＣで顔や手に出血の跡が見られたが、それもわからなくしてくれた。

第7章　亡くなった後

◎お通夜・葬儀

六曜暦の関係で、通夜は6月30日、土曜日、葬儀式は7月1日、日曜日となった。ママ友の美容師さんが、その時はまた、化粧直しに来てくれると言ってくれた。

6月22日、金曜日に急変したのも、生前、みんなと会いたかったため、また、亡くなる前日に私と少し会話できて抱きつく素振りをしたり、当日訪問看護師さんにきれいにしてもらってから逝ったのも、全て佳子の意思があってそうなったような気がした。通夜と葬儀式が休みの日になったのも、出来るだけ沢山の人とお別れしたいという本人の意思の表れだったのだと思う。

通夜、葬儀式の式場に移動する前の晩まで、私は妻のベッドで一緒に寝ていた。そして何度も顔をなで、キスをした。

通夜の当日の朝、妻の右目から涙が流れていた。家族と別れたくない、会場に行きたくないという思いからなのか、それとも死後の体の変化から物理的にそうなるのかわからないが、本人には家族と別れたくないという思いがあったことは間違いないと思う。

通夜、葬儀式にはのべ350人の方々に参列頂き、妻も喜んでいたことと思う。

心美は、祭壇の前に置かれた棺の中をのぞき込み、「母さん」と指さし、祭壇中央の遺影を見ては「母さん」と言った。どちらにも母親が存在することが不思議だったのだろう。

葬儀式が終わり、火葬場へと続く渡り廊下に出ると、「あかご会」のメンバー全員が最後のお見送りをしてくれていた。子供と一緒にいろんなイベントを楽しみ、幸せな時間を共有して下さった方たちだった。

妻の肉体との最後のお別れをする最も悲しい儀式、棺を火葬炉に入れる瞬間、心美が棺に手を伸ばし「母さーん」と叫んだ。もちろん、2歳2ヶ月の子供に、そこに入ることの意味などわかるはずはない。もう二度と会えない母の肉体が、心美の声と一緒に、炉の奥に吸いこまれた。

骨揚げの時、心美にはその光景を見せないよう、姉家族にみてもらって外に出していた。変わり果てた妻の姿に、心の準備はしていたものの、深い悲しみが襲ってきた。

父の時にも不思議に思ったが、なぜ部分部分だけしか骨を拾わないのだろう。地域性なのか、それとも全部を拾ったら墓の中に入りきらないからなのか判らないが、家族としては全て拾って帰りたいものである。

中井家のお墓は既にあるが、まだそこには入れるつもりはない。私が先に入っているのなら別だが、今入っても気を遣うだろうから家に置いておく。自分のエゴかもしれないが、私が死ぬ時、妻の遺骨を抱いて逝きたい。そして、私が荼毘に付された時、妻の遺骨と一緒に墓に入りたい。しかし、今はまだ早すぎる。心美が一人で生きていけるようになる日まで、何があっても私は生きていく。妻の分まで愛情を注ぐためにも。

後日、お通夜と葬儀式の写真ができあがってきた。心美に見せると、「母さんお花のなかにねんねしてた」と言った。棺に沢山の花が敷きつめられていたことを、強く覚えていたのだろう。

入院中のベッドで横たわっているところを撮った携帯電話の画像を見て、「母さんもう起きたかな?」と心美がささやく。人の死が、母親の死がどういうことなのかわかるはずもない娘の言葉に胸をえぐられて、私はたまらず涙した。

心美が描いた佳子の葬儀式のようす

◎生活リズムの取戻し

一段落して、心美の保育園を再開させないと、と思うが、送りには行けても19時半までのお迎えには行けない。気を遣ったママ友達が交代でお迎えに行ってくれ、心美を家まで送ってくれた。しかし、送る途中で何か事故が発生したら取り返しがつかないと保育園から指導が入り、カンガルーママという外部機関に託すようになった。

◎血の通った医療を

こうして、心美の保育園通園が再開でき、生活のリズムもなんとか整ってきた8月1日、市民病院の看護師から自宅に電話が入った。内容は、自分達が推奨した自宅療養が正解だったかどうかを確認するというものだった。私はその電話を受けて、こちらが何か訴えることでも考えているか探られているような感じがした。

確かに、病院や医師に対する不信感は募っていた。一時期はそんなことも考えたが、今回の妻の件は、そんな自己満足で終わらせるべき問題ではないと思った。世の中の人の力を借りて、医療保険制度のおかしさや、病院や医師によって治療レベルが異なること、医師不足が原因で臨床の現場で多くの行き届かない部分が見られることについてきちんと考え、これから先、同じ思いをする患者や家族がなくなるよう手を打たなければならない。

妻は、病気が見つかった時点で、既に骨転移（臓器には転移せず、直接命に別条はないとされる遠隔転移）のみのⅣ期だった。もしかしたら完治は難しかった、いや、不可能だったかもしれない。しかし、薬を使うタイミングや、投薬期間、臓器への再発を見抜くタイミングが早ければ、もっと長く生きられる可能性は十分あったと思う。

幼い子供にとって、母の愛情を感じて一緒に過ごす時間を持つことは、たとえ1日であっても大切なことは言うまでもないことだ。どうせ長くはもたないからと、半ばあきらめたような治療ではだめなんだ。患者本人が少しでも長く生きているうちに、家族は何か他にできる治療を考え、奇跡が起きるのを願っているのだから。

ＤＩＣになった状態で抗癌剤投与をすることは、リスキーどころか不可能なのかもしれない（ＤＩＣになると血小板が減少し、抗癌剤投与に必要な血小板を満たせない）。血小板輸血と同時に抗癌剤投与をすることも難しいのかもしれない。しかし、抗癌剤を投与して癌の進行を抑えなければ、ＤＩＣの引き金をそのまま放置しておくことになる。

何かあればすぐに病院が訴えられるこの時代、医療の萎縮があるのかもしれない。でも、何もしないとどうなるとわかっていて、リスクがあるから何もしないという理屈にはならない。

患者が増えすぎて、悪い患者にまで構っていられない。少しずつ亡くなってもらわないと、と思うところがあるかもしれないが。

経験豊富な古株の専門医から、若手医師への交代。医師の中でも異なるＨＥＲ２陰性・陽性の見解。腫瘍マーカー急上昇が半年も続いていたのに、やっと転移と言われたこと。抗癌剤を始めるも、深部静脈血栓症で癌治療とは違う病院に入院となり、健康保険制度の悪さで抗癌剤が出来ず、ＤＩＣを引き起こし、何も出来ない状況になったこと。ベテランの医師ならわかるはずだった変化が、気付かれていない。

若手を育てていくことは、何も医師だけでなく、どの業界にも必要なことだ。それはベテランが面倒をみてこそ成り立つ構図である。自分が忙しいからと、若手に任せっきりで面倒をみないのであれば、間違った判断や結果を招く可能性が高くなる。忙しさにかまけて、そんなことまでいちいち聞くなというスタンスでは、若手は確認したくてもできなくなる。それで誰が不利益を被るのか。患者であり、その家族である。

どういう病院の態勢なのかは、外部からは中々わからないし、わかったとしても、病気の状況次第では受け入れてくれるところがあるかどうかもわからない。患者や家族も被害者なのかも知れないが、患者の増加に対し、医師の供給が足りていない面では、医師も被害者なのかも知れない。

この例を教訓として、これから先のこの国の医療の在り方を考え、改善していってもらいたいと強く願う。そのために、妻は自分の命を捧げたのだから。

◎母親のいない3歳の誕生日

妻の死から1年近くが経とうとする頃、心美の3歳の誕生日を迎えた。ママ友の企画で、タイムカプセルで自分の子供に対するプレゼントを埋めていたのをもらいに行った。上品なワンピースだった。ルールとして、子供に対してではなく、自分に対する手紙も入れられていた。

H23・7・30記入

心美の現在の身長75㎝　体重9・4kg

出来るようになった事

・ソファーベッドの上り下り

・リモコンでテレビ、クーラー、照明のスイッチを入れ、チャンネルを変えたり、温度を変えたり、明るさを変えてはあっあっと喜んでいる。

・食べ終わったお菓子の袋を自分でゴミ箱に捨てる（まさに今日、初めて出来た）

・最近のマイブーム

「心美～父さんの顔にムシムシいるよ～」って言うと、パチンと父さんの顔を叩く。叩かれた父さん大喜び。心美、ムシムシって言うと、両手をパチンと叩く。ある日、おかんと暑くてムシムシするねって話してる横で、パチンしてた。（笑）

言える言葉

まんま、あった～、まま、ぱぱ、あんぱんまん、ばーば、わんわん、その他意味不明な言葉が、つ

い最近出るようになった。
3才ママの自分へ
元気に子育てしてますか？　1才3ヶ月の心美は相変わらず抱っこされて、あっち行け、あれ見せ、これ見せと指図する毎日で、「ダメ！」ばかり言ってたけど　その後、いつまで続いたのかな？　今ではいい思い出って思えるくらい、いい子に成長してくれるといいんだけどな。おしゃべりできるようになった心美と、色んな話をして、楽しい毎日を送れたら　それで充分だな。
心美の母

企画者の好美ちゃんは、佳子と出会い、3年もたっていないが、親友と呼べるまでになり、佳子と一緒におばあちゃんになりたかった、心美と翔太郎の育児を頑張りながら、楽しい時を沢山共有できたかと思うと、悔しいと。

病める時も健やかなる時も、いかなる時も、私達はもう時間を共有することは出来ない。どこを探しても姿を見ることは出来ないが、佳子は永遠に私の妻であり、心美の母親です。
あたりまえにおとずれるであろうことが、あたりまえにおとずれることは奇跡であり、感謝すべきことなんだ。これから先、奇跡がずっとおとずれることを信じ、心美と母さんの魂と歩いていこう。

佳子がタイムカプセルで埋めたワンピースを着て
3歳の誕生日に撮影▶

あとがき

妻が亡くなり、1年半が経過しようとする今、心美は母の死をしっかり理解しており寂しさをこらえる仕草が見られることが多くなってきた。母さんに会いたいと口にし、涙することも増えてきた。母さんが食べていたものを見ては、「これ母さん食べてたね」「母さんとどこどこ行ったね」と言ったり、母親に抱っこされていたビデオを見ては、母親に甘えたい代償を満たしている。

そんな中、私の人生観も大きく変わってきているのを感じる。妻がいないことによる生活スタイルやリズムの変化は顕著に表れ、周囲の方の御厚情で今の生活が成り立っている。再婚してはと勧める人もいるが、少なくとも今はそんな選択肢は考えられない。人は部品ではなく、取り替えて済む問題でないと思うからだ。

本にするために原稿を書いていて、生前の妻の姿や声が、その時々の状況に合わせて鮮明に思い出されて息苦しくなる場面が多々あったが、この本で問題提起したことにより、救われる人や家族がでてくれればと切に思う。

できるだけ沢山の人に読んで頂きたい、何かを感じて頂きたい、一緒に考えて頂きたいと思い、テレビドラマ「いぬのおまわりさん」で知った福岡の出版社に原稿を送った次第である。

最後になりましたが、本作りにご協力頂いた、不知火書房の米本氏に深く感謝申し上げます。

中井一夫

中井一夫（なかい　かずお）
1972年、大阪市に生まれる。
大学卒業後、大手物流企業に就職。
2003年11月、中野佳子と結婚。
2010年４月、長女心美誕生。
奈良県在住。

母さん、お花の中にねんね
不妊治療、出産、乳癌　２歳の娘を残して逝ったある母の物語

2014年８月20日　初版第１刷発行©

定価はカバーに表示してあります
著　者　中井一夫
発行者　米本慎一
発行所　不知火書房

〒810-0024　福岡市中央区桜坂3-12-78
電　話　092-781-6962
ＦＡＸ　092-791-7161
郵便振替　01770-4-51797
制作　遠藤　薫（のぶ工房）
印刷・製本　モリモト印刷

落丁本・乱丁本はお取替えいたします　Printed in Japan

ISBN978-4-88345-100-5　C0036

好評既刊（本の注文は書店か不知火書房まで）

いぬのおまわりさん
24歳で逝ったまゆちゃんのブログより
大石真由美
1400円

風に立つライオン
第26回宮崎医科大学すずかけ祭医学展　ライオン企画［編］
1500円

足指伸びてますか〜
マイク湯浅の足育・歩ける足づくり講座
マイク湯浅
1000円

織姫たちの学校　1966—2006
大阪府立隔週定時制高校の40年
檀日康之
1600円

魔境マットグロッソ
アマゾン・ラプラタ分水嶺
平島征也
2800円

太宰府・宝満・沖ノ島
古代祭祀線と式内社配置の謎
伊藤まさこ
1800円

いつか春が
父が逮捕された「佐賀市農協背任事件」
副島健一郎
1700円